णाणं
पयासयं
वीर नि.सं 2470
ई.सन् 1944
भारतीय ज्ञानपीठ

झूमरा बीबी का मेला

(कहानी संग्रह)

झूमरा बीबी का मेला

रमापद चौधुरी

अनुवाद
उत्पल बैनर्जी

भारतीय ज्ञानपीठ

पहला संस्करण : 2007
दूसरा संस्करण : 2008

राष्ट्रभारती/लोकोदय ग्रन्थमाला : ग्रन्थांक 905

ग्रन्थमाला सम्पादक

रवीन्द्र कालिया

सह-सम्पादक

गुलाबचन्द्र जैन

ISBN 978-81-263-1362-4

प्रकाशक :
भारतीय ज्ञानपीठ
18, इन्स्टीट्यूशनल एरिया, लोदी रोड
नयी दिल्ली-110 003

मुद्रक : क्वालिटि ऑफसेट, दिल्ली-110 032

आवरण चित्र : वाजदा ख़ान
आवरण सज्जा : चन्द्रकान्त शर्मा

दूसरा संस्करण : 2008
मूल्य : 100 रुपये

JHUMRA BIBI KA MELA
(Bangala Short Stories)
by Ramapad Chaudhuri

Published by
Bharatiya Jnanpith
18, Institutional Area, Lodi Road
New Delhi-110 003
e-mail : jnanpith@satyam.net.in, sales@jnanpith.net
website : www.jnanpith.net

Second Edition : 2008
Price : Rs. 100

अपने प्रिय कथाकार
श्री ज्ञानरंजन
को आदर सहित

अनुक्रम

चन्द्रभस्म

निस्तब्ध जाड़े की काली जमीन पर लेशमात्र भी कोलाहल नहीं था। वॉर्निश की हुई सड़क ने सीधे अँधेरे के सीने में अपना चेहरा छुपा लिया था। चेहरा छुपाये वह झिलमिलाते शहर की ओर दौड़ गयी थी। ठण्डी हवा के कम्पन के कारण होठों से टूटी-फूटी सीटी भी नहीं बज पा रही थी। घास की फुनगी पर रात के कीड़े भी खामोश थे। न तो झींगुरों की आवाजें आ रही थीं और न ही तूफान की तेजी की।

लेकिन थोड़ी देर पहले ही उस गाँव की इस छोटी-सी दुनिया को एक के बाद एक कई आवाजों ने चौंका दिया था। दोनों आँखों की दीप्ति बुझा, हॉर्न बजाती दो बसें दीवार से सटकर आ खड़ी हुईं। थोड़ी-सी चिल्लाहटें, थोड़ी-सी हँसी और फिर फाटक बन्द होने की आवाज।...रोज ही इस समय थोड़ा-बहुत शोरगुल हुआ करता और फिर सब लोग सो जाते।

नींद से त्रस्त पातालपुरी की तरह ही दीवार से घिरी वह बस्ती भी नींद के आगोश में समा जाती।

आप दीवार के उस पार देखेंगे? अपनी आँखों से उन लोगों के दैनन्दिन जीवन की फिल्म देखना चाहते हैं? भाषा को संयम दो। ठीक उन लोगों की तरह ही रसहीन, घायल चोट खाये मरीज का चित्र उकेरो अपनी भाषा में। चाँद वे लोग भी देखते हैं—मुझे मालूम है। आसमान के कोने में शुक्लपक्ष का जो चाँद उभर आता है, उजाले का प्रलेप लगा बर्फ के चकत्ते-सा सफेद चाँद—वे लोग भी देखते हैं। लेकिन बूढ़ा रुखन अपलक अपने पैरों की ओर देख रहा है। देख रहा है कि उसके पैरों के पंजोंवाले सफेद कोढ़ के चकत्ते और भी सफेद, और भी चमकीले दिखाई दे रहे हैं। इसीलिए कह रहा है कि संगमरमर-सी सफेद मोमबत्ती के उजाले में अगर युवती माँग्ना का चेहरा देखना चाहो, तो मुझे कोई एतराज नहीं होगा। लेकिन

इतनी-सी गुजारिश है कि उसकी आँखों की दोनों पुतलियों को कहीं तुम अपनी आँखों के नीले काँच के भीतर से देखने की कोशिश मत करना।

लोहे के फाटक को पार कर दोनों बसें थम गयीं। थोड़ा-सा शोरगुल उभर आया। एक-एक कर सवारियाँ उतर गयीं। दिन की इन सवारियों के हुजूम में नये लोग बहुत कम आते हैं। पुराने लोगों में से कोई-कोई किसी दिन अनुपस्थित भी हो जाते और तिवारी के पास अगले दिन के लिए दो-चार घूँसे-तमाचे, पाँच मिनट की अविराम न सुनी जा सकनेवाली कड़वी बातें और धारदार धमकियाँ जमा रह जातीं। लेकिन इसके बावजूद वे लोग लौट आते।

बस को गैरेज में रखकर दोनों ड्राइवर फटे कोटों से कानों को ढाँपते हुए बीड़ी के कश खींचते-खींचते विदा ले लेते। तिवारी जोर से फाटक को बन्द कर ताला लटका आता और खुले आसमान के नीचे वे लोग शोरगुल करते रहते। बहुत सारी औरतें, मर्द, छोटे बच्चे और काने बूढ़ों के झुण्ड इकट्ठा होकर गपशप करते। औरतों की हँसी रुकने का नाम नहीं लेती। बुड्ढों के मुँह से अश्लील बातें सुन उससे भी क्योंकि वहाँ पर सुरुचिपूर्ण हास्य के लिए कोई जगह नहीं थी। अश्लील जवाब देकर वे औरतें गर्व से मुस्कुरा उठतीं। उनके बदन पर पटसन से बने फटे कपड़े और मैली चिन्दियाँ रहतीं। काले रंग से रँगे जूट के नकली बालों की तरह उनके बाल अस्त-व्यस्त रहते। मीठी आवाज नहीं, उनकी आवाज में सुरों के सप्तम की छुअन रहती। फिर भी वे लोग हँसते-मुस्कुराते। हँसी-मजाक, व्यंग्य-ठट्ठा करते। सिर्फ बच्चे नहीं मुस्कुराते थे। आँखों को बोझिल करती नींद को हटाकर वे लोग भूख के मारे चीखते-चिल्लाते और आदमी लोग गुस्से से चिल्ला उठते और उन्हें धमका देते। वे आदमी ही थे, भले ही जवान न हों लेकिन वे मर्द तो जरूर थे। ज्वार के बीज और पनीली दाल खाकर तो जवान नहीं हुआ जा सकता न!

तिवारी की हाँक सुनकर वे लोग लाइन लगाकर खड़े हो जाते। इतने-से नियम का पालन करना उनके दिमाग में घुस चुका था। थोड़ी ही देर बाद बंगाली बाबू जवाहर वहाँ आ पहुँचता।

"भीखूराम!"

"हाजिर, दस आना।"

डायरी देखकर जवाहर नाम पुकारने की शुरुआत करता।

"ताहेर अली!"

"हाजिर, एक रुपिया छह पैसा।"

"पंचा!"

"हाजिर, साढ़े बारह आना।"

जवाहर एक के बाद एक नाम पुकारता जाता। वे लोग एक-एक कर आगे आते और हाजिरी देते। पैसों का हिसाब समझाकर वह तिवारी के हाथों में पैसे गिन-गिनकर दे देता। जवाहर हरेक के नाम के साथ रुपये-पैसों का परिमाण लिख लेता। तिवारी भिश्ती की चमड़ेवाली थैली-जैसी छोटी थैली में उन पैसों को रख लेता।

इसके बाद औरतों का नाम पुकारा जाता।

"सनका!"

"हाजिर जी।"

'कितना?" जवाहर थोड़े रूखेपन से पूछता।

हो औरतजात, जन्मपत्री के हिसाब से उम्र की बदौलत भले ही नौजवान हो, लेकिन इस वजह से भद्र वंश में जन्मा पढ़ा-लिखा जवाहर उन लोगों के सरस मजाक को भला किस अभिरुचि की वजह से स्वीकार करेगा, और इसीलिए जवाहर नाराज हो जाता। उन लोगों के हलके-फुलके मजाक और बातचीत को बढ़ाने की कोशिशों में जवाहर को एक बहुत ही कुत्सित अपमान की लोलुपता दिखाई देती।

और इसी वजह से वह कठोर स्वर में पूछता, "कितना?"

"गिन के तो नहीं देखा जी मैंने, रुको, देखती हूँ।" अपने मजाकिया उत्साह में खुद ही मुस्कुरा उठती सनका और फिर धीरे-धीरे हाथ के पैसों को गिनने लगती।

कहती, "छह आना डेढ़ पैसा।"

गुस्से से चीख उठता जवाहर, "इतने कम?"

"कम हैं तो मैं क्या करूँ?"

जवाहर नाक में से सिर्फ एक आवाज निकालता।

तिवारी कहता, "कल अगर फिर से कम हुए तो खाना बन्द।"

सनका जवाब नहीं देती, होंठ दबा, मुँह बिचकाकर वहाँ से खिसक लेती।

रुखन ने केवल तीन आने दिये थे, लेकिन जवाहर ने उस पर फिर भी अविश्वास नहीं किया था। दो-एक पैसे की शायद चोरी भी करता हो। ऐसा तो सभी करते हैं। वह खुद और तिवारी भी तो रोजाना कुछ-न-कुछ घपला करके हिस्सा-भाग करते हैं। जितना जमा होता, वह सारा का सारा मूलचन्द मारवाड़ी के हाथों में थोड़े ही सौंप देता। लेकिन औरतों पर भरोसा नहीं। वे लोग बड़ी-बड़ी चोरियाँ करती हैं। माँग्ना कमसिन लड़की है, दिखने में बुरी नहीं। मैली-कुचैली जरूर है लेकिन हाथ-पैरों में कहीं पर भी जरा-सा भी घाव नहीं, फोड़े-फुंसी नहीं। लोग कम-अज-कम दो बार उसकी ओर मुड़कर देखते हैं। इसके बावजूद उसने कभी भी पाँच आने से ज्यादा जमा नहीं किये थे। सनका, रावती, मन्ना—उनमें से किसी

पर भी जवाहर भरोसा नहीं करता। फिर भी कर कुछ नहीं सकता। तिवारी के माध्यम से थोड़ी-बहुत डाँट-डपट के बाद रुक जाना पड़ता। ज्यादा शक होने पर तिवारी खुद ही लड़कियों की कमर की डोरी पर हाथ फेरकर देख लेता। एक दिन उसने लड़कियों और आदमियों के सामने ही मन्ना के फटे कपड़े को खींचकर खोल दिया था। तिवारी जब कपड़े का कोना-कोना झाड़कर देख रहा था, तब शर्म के मारे लाल हो उठा था जवाहर, जबकि मन्ना ने सिर्फ मुस्कुराते हुए तिवारी के हाथों से कपड़े को छीन लिया था। जवाहर ने एक बार तिरछी निगाहों से देखा-भर था, और फिर खुद पर हुई घृणा से उसका मन कड़वा हो गया था। इच्छा हुई थी कि उसी दिन नौकरी छोड़ दे। लेकिन माह के अन्त में मूलचन्द मारवाड़ी से प्राप्त होनेवाली तनख्वाह, पास में ही बिना किराये का मकान और पर्याप्त ऊपरी आमदनी की माया भी कम तो न थी!

पिघले मोम से तुम्हारी तश्तरी भर गयी है। लम्बी सफेद मोमबत्ती काफी छोटी हो चुकी है। तुमने बिलावजह उसे तिल-तिलकर झुलसाकर खत्म कर लिया है। बुझाओ, बुझा दो बत्ती को। लालटेन के धुँधले उजाले में तुम देख सकोगे कि डेढ़ सौ परछाइयाँ धुँधलके में बढ़ी जा रही हैं। मिट्टी और गोबर से लिपे मुड़े-तुड़े-से चिकवाले लम्बे-से आँगन में पत्तलों की कतारें बिछ गयी थीं। हल्दी की गन्ध आ रही थी। तमाम सब्जियों को मिलाकर घोंटकर बनायी हुई कोई तरकारी करछुल से परोस दी जाती। मूलचन्द मारवाड़ी की ओर से वे लोग ईश्वर की प्रार्थना करते। उस आदमी में दया-माया है, भरपेट खाना देता है। वे लोग जितना चाहें, खा सकते हैं।

पेट भरकर खा रही थी रावती। माँगना के द्वारा रोके जाने को अनसुना करती हुई वह खाये जा रही थी। अचानक उसको मितली-सी आ गयी। सीने से लेकर गले की नली तक मानो भाप का एक गोला ऊपर-नीचे बार-बार आने-जाने लगा। पेट से एक बुरी गन्ध मरोड़ खा उठी। सिर्फ रावती ने अपनी नाक में उसे महसूस किया। उसे अपनी जीभ और मसूड़ों के पास कसैली खटास का अनुभव हुआ। उसने जो कुछ खाया था, अपने पत्तल के पास ही उलट दिया। माँगना उसके बाजू में ही बैठी थी। उसके बदन पर भी कुछ छींटे उड़कर लगे। लेकिन इस पर भी वह गुस्सा नहीं हुई, क्योंकि ऐसा तो होता ही रहता है।

थोड़ी सहानुभूति के स्वर में उसने कहा, "खा, डायन, पाँच महीने का पेट

लेकर तू निगलना तो छोड़ेगी नहीं।''

रावती ने कोई जवाब नहीं दिया। वह तब अपने आपको सँभालने की कोशिश कर रही थी।

''आ कलमुँही, मैंने कह दिया तो रो रही है पतुरिया।''

माँग्ना की बात सुनकर रावती ने मुड़कर देखते हुए मुस्कुरा दिया। असल में उलटी करते हुए आँसू की एक-आध ऐसी बूँद आँखों में आ ही जाती है। माँग्ना ने उसे ही देखकर सोचा था कि शायद रावती रो रही है।

''नहीं रोयी रे, नहीं रोयी।'' रावती ने हँसते हुए कहा। फिर पीठ पर की मैली-कुचैली कथरी से उसने मुँह, आँख और नाक पोंछ ली। उठकर हौज के पानी से मुँह धो आयी। फिर उस पत्तल को साफ कर बैठ गयी।

''अब क्या फिर से खाएगी?'' माँग्ना ने पूछा।

विस्मय के स्वर में रावती बोली, ''नहीं खाऊँगी? जो कुछ खाया था, वह सब तो उलटी में निकल गया।''

''पतुरिया, मरेगी, तू जरूर मरेगी।'' थोड़ा रुककर माँग्ना ने फिर से कहा, ''बच्चे को भी मारेगी अभागी।''

पहले-पहल इस बात पर मुस्कुरा उठी थी रावती, फिर अचानक वह ठिठक-सी गयी और माँग्ना को एकटक देखती हुई बोली, ''तूने ऐसा कह दिया माँग्ना?''

मुँह के कौर को चबाना रोक माँग्ना बोली, ''मैंने कहा तो ठीक ही कहा।'' फिर न जाने क्या सोचकर वह सान्त्वना के स्वर में बोली, ''वह कोई मरनेवाला नहीं है रे।''

रावती गुस्से में मुँह बनाती हुई बोली, ''वह कोई मरनेवाला नहीं है रे! तू क्यों बोलेगी ऐसा?''

माँग्ना हँसते-हँसते बोली, ''ठीक है, ठीक है, अब नहीं बोलूँगी।''

रावती शायद इतनी आसानी से उसे नहीं छोड़ती, लेकिन वहाँ ताहेर अली और रुखन के बीच भयंकर झगड़ा शुरू हो गया था। खिचड़ी-सने हाथों से ही दोनों ने मारपीट शुरू कर दी थी। उनके झगड़े को रोकने के लिए कोई भी पहल नहीं कर रहा था क्योंकि ऐसा अकसर ही हुआ करता था। सिर्फ सनका ने ताहेर से कहा, ''अब छोड़ो भी मियाँ साब। उस आशिक के साथ लड़ नहीं पाओगे। वह हमारा सींकिया पहलवान है!''

कुछ ही देर में वे लोग मारपीट करना छोड़कर वाक्‌युद्ध पर उतर आये और फिर बचे खाने की ओर देखकर धीरे-धीरे चुप हो गये।

एक-एक कर सभी ने खाना खा लिया। अपने-अपने पत्तल एक कोने में फेंककर उन्होंने हौज के पानी से अपने हाथ-मुँह धो लिये। थोड़ा-सा पानी भी पी

लिया। फिर बिना दरवाजोंवाले बड़े कमरों के फर्श पर फटी चटाई बिछाकर वे सब लेट गये। थोड़ी-सी नींद और सुकून के लिए उनकी देहें लोट गयीं।

फटी कथरी या फिर कोई चीथड़ा लपेटकर वे सो जाते। जिबह की गयी मुर्गियों की मानिन्द डेढ़ सौ परछाइयों-सी देहें पड़ी रहतीं।

सिर्फ पंचा को नींद नहीं आ रही थी। उसे पता था कि उसे आज नींद नहीं आएगी, और एक व्यक्ति जो सो रहा था, अभी-अभी जाग उठा—ताहेर अली।

"क्यों मियाँ, नींद नहीं आ रही?"

उसकी ओर देखे बिना ही एक लम्बी साँस छोड़ते हुए ताहेर बोला, "नहीं।"

"क्यों साब?"

"साले घाव में से पानी निकल रहा है, भयंकर खुजली हो रही है।"

घाव बचाकर ताहेर धीरे-धीरे खुजाने लगा। घुटनों से लेकर जाँघ के ऊपरी हिस्से तक भयंकर घाव था। सियार के पंजे का वार खाये खरगोश की तरह लाल-लाल मांस घाव से लटक आया था। पहनने के मैले-कुचैले कपड़े को घाव पर हलके-से रखकर पानी और खून को सुखाने की कोशिश कर रहा था ताहेर। इधर पंचा मन-ही-मन ताहेर पर गुस्सा हो रहा था।

विफल मन लिये उसने आँख बन्द कर एक बार फिर सोने की कोशिश की। थोड़ी देर वह चुपचाप पड़ा रहा। उसे जाने कैसी खरखराहट सुनाई दी। पंचा ने आँखें खोलकर देखा। उसने देखा कि कोई जनानी परछाईं ताहेर की ओर बढ़ी चली आ रही थी। पंचा उसे विस्फारित आँखों से देखता रहा। वह जाग रहा है, क्या उस लड़की को इसका जरा भी अहसास नहीं?

"क्यों जी, जलन हो रही है?"

"हूँ...।"

"सो जाओ प्यारे, मैं घाव सहला देती हूँ।"

इस पर ताहेर को गुस्सा आ गया। जलन के मारे बेचारे की जान निकली जा रही थी, ऐसे में प्यार की बातें अच्छी नहीं लगतीं।

वह बोला, "जा, भाग यहाँ से। दुलार करने की कोई जरूरत नहीं है।"

लेकिन सनका ने उसकी बातों पर ध्यान ही नहीं दिया। उसने आहिस्ते-आहिस्ते ताहेर का सिर अपनी गोद में रख लिया, फिर उसके घाव के आसपास हाथ फेरती हुई बोली, "सो जाओ मियाँ, सो जाओ, रात गुजरनेवाली है।"

इस मौके पर पंचा करवट लेकर लुढ़कता हुआ वहाँ से निकल आया। कुत्ते की मानिन्द सिमटकर एक बुढ़िया लेटी हुई थी। उसके गाल पर से बहकर लार टपक रही थी। सिर के नीचे रखी पोटली का एक हिस्सा लार से भीग गया था। उसको लाँघकर पंचा सीधे माँग्ना के पास चला आया।

वह पेट तक घुटने सिकोड़कर सो रही थी। पहनने का कपड़ा तंग था, इस वजह से उसके शरीर का काफी हिस्सा उघड़ा था, और इसीलिए माँग्ना ठण्ड के मारे काँप रही थी। वह नींद में काँप रही थी। अपने सीने पर बर्फ-जैसे ठण्डे हाथ के स्पर्श से अचानक उसकी नींद खुल गयी। चौंककर उसने आँखें खोलीं और दबी आवाज में पूछा, "कौन है?"

"मैं हूँ, पंचा," उसने फुसफुसाते हुए कहा।

"क्या है?"

उसने कोई जवाब नहीं दिया। माँग्ना के सीने पर से अपना हाथ हटाकर वह चुपचाप बैठा रहा।

इस बीच माँग्ना पूरी तरह जाग चुकी थी। पंचा की ओर एक बार नजर डालकर मीठी हँसी हँसते हुए उसने पूछा, "हाँ, तू क्या कह रहा था?"

चौंककर पंचा ने सिर हिलाते हुए कहा, "कुछ नहीं।"

वह काफी देर तक खामोश बैठा रहा। फिर अचानक उसने पूछा, "तेरा नाम माँग्ना क्यों पड़ा रे?"

माँग्ना चिढ़ गयी। आधी रात को नींद से जगाकर साले को करने के लिए कोई और बात नहीं सूझी। वह बोली, "तेरा नाम पंचा क्यों है रे?"

"बाप ने रखा था, इसीलिए..." शरमाते हुए पंचा ने कहा।

माँग्ना बोली, "मेरा भी ऐसा ही है।"

निरुपाय हो पंचा उठ खड़ा हुआ।

अपने दाँतों से होठों को दबा माँग्ना मुस्कुरा दी। फिर अचानक वह उठ बैठी और पंचा का हाथ पकड़कर उसे झटके से खींचकर अपने पास बिठा लिया। बोली, "मैं माँ को माँगना (मुफ्त) में मिली थी न, इसीलिए उसने मेरा नाम रखा था माँग्ना।"

पंचा की हिम्मत थोड़ी बढ़ गयी। वह बोला, "यहाँ पर तो खासी गर्मी है।"

क्या हुआ, तुम्हारी अभिरुचि को खटक रहा है? यहाँ की यह छोटी-सी पृथ्वी क्या घृणित मालूम हो रही है? अपने मन को थोड़ा सजीव बनाओ, फिर तुम देखोगे—यह छोटी-सी दुनिया इन लोगों के लिए तुम्हारी पृथ्वी से कम आकर्षक नहीं है। जाड़ों की रातों की गर्मी में इन्हें भी आराम और आनन्द प्राप्त हो जाता है। इनके आसमान में भी उगता है चाँद, जो चाँद तुम्हारे सिरहाने इन्द्रनील[1] का उजाला ढाल देता है। असंख्य तारों से भरे आसमान की ओर देख ये लोग भी रोमांच का अनुभव करते हैं। लेकिन तुम्हारी तरह आलस के वशीभूत हो हाथ पर हाथ धरे बैठे नहीं

रह पाते। पूरब के क्षितिज पर रुपहली किरण के उजाले की चमक से पहले ही ये लोग उठ जाते हैं।

बस का हॉर्न बज रहा था।

जल्दी से सब लोग उठ गये। हथेली से आँखें मलने लगे। अँधेरा तब भी मिटा नहीं था। वे लोग चीखते, हल्ला मचाते बाहर निकल आये। दोनों ड्राइवर मोटे कम्बल के कोट से बदन ढँके अपनी-अपनी गाड़ियों में बैठे हुए थे। मफलर से उन्होंने कान और सिर को ढँक रखा था। कोट की लम्बी आस्तीन में से दो उँगलियाँ निकालकर वे बीड़ी के कश खींच रहे थे। इधर तिवारी और बंगाली बाबू जवाहर भी आ पहुँचे थे।

रजिस्टर से नाम मिलान कर एक के बाद एक डेढ़ सौ कंकाल-सी परछाइयों को उन्होंने बस में चढ़ा दिया। अपने शरीर झटकार कर दोनों बसों ने सफर शुरू किया। डामर की लम्बी सड़क पर शहर की ओर दोनों बसें बढ़ चलीं।

भोर के धुँधलके में दूरवाले शहर में गैस-बत्तियों की कृत्रिम चाँदनी फैली हुई थी और बिजली के लट्टुओं की अजस्र रोशनी के बीच-बीच में दो टुकड़े नीलिमा के संकेत दिखाई दे जाते और रास्तों के मोड़ों पर सावधान करती लाल बत्तियाँ।

सड़क के किनारे निर्दिष्ट जगहों पर निश्चित संख्या में लोग उतर जाते। इस विराट शहर की तेज भीड़ के बीच, पार्कों, दुकानों के सामने, सिनेमाघरों और कॉलेजों के गेटों पर, मन्दिरों, दरगाहों पर मूलचन्द मारवाड़ी के डेढ़ सौ जीते-जागते मुद्रा-चुम्बक उतर जाते।

पिलुवा सोलह साल का हो चुका है। हालाँकि उसे देख लगता है कि ऐसे दस जाड़े भी उस पर से नहीं गुजरे हैं। सिर पर उसके लाल टोपी थी जो कूड़े-करकट की गन्दगी लगकर एक ओर से काली पड़ गयी थी। उसका ऊपरी होंठ कटा हुआ था, जिसे वह जीभ से लगातार चाटता रहता। पिलुवा सबसे पहले उतरता। उसके साथ चार पहियोंवाली लकड़ी की एक ट्रॉली रहती, उस पर मांस का एक सजीव लोंदा बैठा या खड़ा रहता—बड़ा-सा सिर, चौड़े कन्धे और सीना किसी भी कसरत करनेवाले-जैसा। लेकिन बस, वहीं तक। कमर के नीचे से लेकर पैरों तक का हिस्सा पतला और कमजोर था। पाँच माह के बच्चे से भी पतले पैर थे उसके। लकवा या फिर किसी और वजह से उसका निचला धड़ पूरी तरह सुन्न हो चुका

1. नीलकान्त मणि

था। इसलिए उस जीव को लकड़ी की ट्रॉली पर बैठाकर पिलुवा गली-गली घूमता। एक करुण स्वर में चीखते हुए पिलुवा भीख माँगता।

शहर के कलेजे के बीचोबीच सबसे पॉश इलाके में माँगना अपनी देह के आकर्षण को पसारकर खड़ी रहती। रुखन, भीखूराम, ताहेर, पंचा—इन सबकी एक-एक तयशुदा जगह थी। सनका, रावती, सविया—उनकी भी तयशुदा जगहें थीं। सभी भीख माँगते। कोई कानी आँखें और टूटे पैर दिखाता, तो कोई चमक-भरी आँखें और दमकता चेहरा दिखाता।

सीधू दफ्तरी की गली में मूलचन्द मारवाड़ी की एक सराय थी। जब दिन का सूरज आसमान के बीचोबीच पहुँच जाता या फिर पश्चिम के क्षितिज में ढुलक पड़ता, तब उनके खाने का वक्त होता। और एक-एक कर वे लोग सराय में एकत्र होने लगते। गले में लटकता नम्बर का बिल्ला दिखाने पर उन्हें दाल-भात नसीब होता।

सराय में खाना खाकर वे लोग फिर अपनी तयशुदा जगहों पर लौट जाते। रात दस बजे तक वे भीख माँगते। फिर उनकी वही बस तयशुदा जगह पर खड़ी हो हॉर्न बजाती। वे लोग पहले से तैयार रहते। बस तीन बार हॉर्न बजाती। जिन लोगों की कोई खबर नहीं होती, वे उस दिन पीछे छूट जाते, बस उस दिन उनका और इन्तजार नहीं करती।

यही वजह थी कि उस दिन पिलुवा पीछे रह गया। उस दिन वह बस नहीं पकड़ सका। फुटपाथ के पास एक हलवाई की दुकान की बड़ी भट्ठी तब तक लगभग बुझ-सी गयी थी। पिलुवा ने हाथ से बिखरी हुई राख को टटोलकर देखा।...नहीं, नहीं, हाथ-पैर झुलसने का डर नहीं था। उसने सोचा, भट्ठी के मुँह के पास आराम से कुत्ते के माफिक कुण्डली मारकर सोया जा सकता है। उसने उस मांस के सजीव लोंदे और उसकी ट्रॉली को खींचकर बरामदे पर चढ़ा दिया, फिर लेटकर अगले दिन तिवारी से प्राप्त होनेवाले थप्पड़ों के आतंक का अनुभव करने लगा। किस बुरे मुहूर्त में उसे बायस्कोप का नशा चढ़ा था—पासवाले बायस्कोप का नशा...! एक पार्क के कोने में चोरी के पैसे उसने इतने दिनों से जमा कर रखे थे। आज कुछ आने जमा देख, फिल्म देखने गया था पिलुवा। और इसी वजह से उसकी बस छूट गयी।

पर्दे की कहानी अब भी उसके दिमाग में घूम रही थी। उससे एक-आध साल बड़े लड़के ने क्या गजब की बहादुरी दिखायी थी! उसने बम से एक पुल को उड़ा दिया, एक ट्रेन लूटी, तिमंजिले से छलाँग लगायी और बूढ़े का खून कर उसकी बेटी को ले भागा। शाबास, शाबास...। सब लोगों के साथ पिलुवा ने भी ताली बजायी थी।

उनमें से पंचा को भी बायस्कोप का नशा चढ़ा था। एक अँग्रेजी फिल्म की एक

लड़की की रंगीन तसवीर ने पंचा में यह नशा पैदा कर दिया था। उसने तय किया कि किसी भी तरह पैसे बचाकर वह उस फिल्म को देखेगा। उसने पोस्टरवाली तसवीर देखी थी। परियों के मुल्क की फिल्म थी वह—परियों से भी खूबसूरत एक मेम की फिल्म...जिसने सीने और कमर पर मलमल के सिर्फ टुकड़े पहन रखे थे। उस फिल्म को वह कुछ ही दिनों में देख लेगा। पता लगाना पड़ेगा कि टिकट-घर किधर है। पिलुवा को सबकुछ मालूम है। इसलिए पंचा पिलुवा की तलाश कर रहा था, लेकिन उसने देखा कि जब नाम पुकारे जा रहे थे तब तक पिलुवा लौटा नहीं था।

"क्यों रे, कौन-सी प्यारी पतुरिया को ढूँढ़ रहा है?" कहते-कहते माँगना हँस पड़ी।

चौंककर पीछे देखते हुए पंचा बोला, "नहीं, तुम्हें नहीं जी, तुम्हें नहीं ढूँढ़ रहा।"

हाजिरी तब तक खत्म हो चुकी थी। बंगाली बाबू जवाहर रावती को इशारे से बुलाकर थोड़ी दूर ले गया। तिरछी निगाहों से देखकर माँगना मुस्कुरा दी। 'आज लौटने दो मुँहजली को, अच्छा मजा चखाऊँगी।' उसने इतने दिनों से उससे छिपाकर रखी यह बात!

खाना खाते समय रावती उसके बाजू में आ बैठी। माँगना ने उसके पैर पर हलकी-सी धौल जमायी। "क्या बोला रे तेरा आशिक?"

"कौन?"

"क्यों, वो हाजिरी लेनेवाला बाबू, मुझे क्या नहीं मालूम?"

रावती प्रतिवाद कर उठी, "नहीं, कसम से नहीं। वो कुछ और बात कह रहा था।"

"क्या कह रहा था?"

रावती ने फुसफुसाते हुए पूरी बात खोलकर बता दी। वह पेट से है, यह बात, कहते हैं कि मूलचन्द मारवाड़ी के कानों तक जा पहुँची है। बंगाली बाबू जवाहर ने उससे कहा कि वह यदि अब से रोज एक रुपया जमा करवा सके तो फिर बाकी जितना पैसा लगेगा, वह मूलचन्द खुद देंगे...उन पैसों से वे लोग उसके लड़के को अच्छा इनसान बनाएँगे। उसे लिखाएँगे-पढ़ाएँगे। अच्छे लोगों के यहाँ उसके रहने-खाने का इन्तजाम करेंगे, उसके बेटे को बहुत बड़ी नौकरी दिलवा देंगे। उसका बेटा आदमी बनेगा, सम्भ्रान्त बनेगा।

रावती की बात सुनते-सुनते माँगना की आँखों में भी सपना उतर आया। काश, उसे भी यदि ऐसा बेटा होता, तो उसे भी शायद वह पढ़ाती-लिखाती! वह भी बड़ा

होता, अच्छा इनसान बनता। उस हाजिरी बाबू-जैसा दिखता उसका बेटा! पंचा? नहीं, नहीं, ऐसा कंगले-जैसा हुलिया न होना ही बेहतर।

माँग्ना बोली, "तू रोज एक रुपये जमा कर सकेगी?"

"आ...रा...म से।" स्वर को खींचकर हलके-से मुस्कुराते हुए रावती ने कहा।

और सचमुच अगले ही दिन से रावती ने एक-एक रुपया जमा करना शुरू कर दिया। बस, उसे चोरी बन्द करनी पड़ी। खैर, होने दो बन्द, उसकी जरूरत भी क्या? पैसे इकट्ठे करके वह करेगी भी क्या! भूख के मारे परेशान होकर ही तो वह एक दिन यहाँ आयी थी। लेकिन इस वजह से उसे कभी भी एक करछुल खिचड़ी कम तो नहीं दी गयी। मूलचन्द मारवाड़ी बेवक्त उससे पल्ला नहीं झाड़ेगा, उसे खाना देगा ही। उसे मिठाई की दुकानों पर भटकना नहीं पड़ेगा। ठण्ड की ठिठुरन और बारिश के पानी की मार सहते हुए उसे फुटपाथ पर पड़े तो नहीं रहना पड़ेगा। और...और उसका बेटा बड़ा होगा। अच्छा आदमी बनेगा।

मोमबत्ती फिर से जल उठी। तुम सोच रहे हो, मेरी कहानी यहीं खत्म हो गयी? नहीं, इसके बाद है—उनके जीवन-नाट्य का अन्तिम अंक। आखिरी दृश्य भी देखना चाहते हो तो चलो, आगे बढ़ो। दो सालों को पीछे छोड़ दो। उनकी नींद टूट जाएगी, दबे पाँव आहिस्ते से आओ। देखो, रावती की नींद को मत तोड़ो। वह एक बार जाग गयी तो फिर उसे नींद नहीं आएगी। वह अपने बेटे के बारे में सोचती रहेगी कि कहीं दूर उसका बेटा बड़ा आदमी बन रहा है। कई बार बंगाली बाबू जवाहर के पैर पकड़कर रोयी है वह। उसने अपने बेटे को केवल एक बार अपनी आँखों से देखने की मिन्नतें की हैं। वे लोग उसके डेढ़ साल के बेटे को ले गये, इस बात को लगभग छह महीने हो गये हैं। जवाहर ने कहा है कि वे उसे अच्छा आदमी बनाएँगे। रावती ने उस बात पर भरोसा जताया है। लेकिन तुम कहीं इस बात पर भरोसा मत कर लेना। चलो, देखोगे, चलो। वह जो तिवारी के कमरे से थोड़ी दूरी पर एक कमरा है, वहाँ कोई नहीं जा सकता। इस छोटी-सी दुनिया का वह निषिद्ध देश है। दरवाजे पर लटकता एक ताला दिख रहा है? उस ताले की एक चाबी तिवारी के पास है। वहाँ सिर्फ मूलचन्द मारवाड़ी के पैसों पर पलनेवाले उड़िया नौकर ही जा सकते हैं। उस कोठरी के भीतर क्या है, जानते हो? खुली हुई खिड़की से झाँककर देखो, सलाखों के पास मोमबत्ती को उठाये रखकर देखो। क्यों, डर के मारे पीछे क्यों हट रहे हो? वे इनसान हैं। मटके के आकार के मिट्टी से बने बड़े-बड़े बर्तनों के भीतर बैठे हुए हैं वे। मटकों की गरदनें सभी की कमर को दाबे हुए हैं। नियमित खान-पान से उनके ऊपरी धड़ बड़े हो गये हैं। सिर्फ

कमर के नीचे के हिस्सों का कोई विकास नहीं हुआ। बारह साल बाद भी उनके दोनों पैर बारह महीने के बच्चे के पैरों-जैसे ही रहेंगे—पतले और कमजोर। सुन्न निचले धड़ की वजह से वे न तो बैठ सकेंगे, न ठीक से लेट सकेंगे और न ही खड़े हो सकेंगे। लेकिन राह चलते लोगों में करुणा जरूर जगा सकेंगे।

भविष्य के बहुत-से पिलुवाओं की लकड़ी की ट्रॉलियों के लिए मांस के सजीव लोंदे का अभाव नहीं होगा।

और...। मूलचन्द मारवाड़ी की चमड़े की थैली पानी से भरी मशक की तरह फूल उठेगी।

बीबी-करज

अचानक आपके कान के पास अगर कोई उस नाम की गुहार लगाये, अगर किसी रोज रात को वह किसी लम्बी दूरीवाली ट्रेन की बोगी में दिखाई दे या फिर भीड़-भरे शहर की किसी अन्धी गली में पनाह के लिए अगर रात के किसी पहर वह दरवाजे की साँकल खटखटाये, या हो सकता है, दोपहर की ट्रेन से जाते हुए किसी छोटे-से स्टेशन के बाजू में प्लेटफॉर्म के फेंस से टिककर खड़े किसी सुन्दर कुम्हलाये चेहरे को देख यदि आपको आज के इस वर्णन से किसी तरह की समानता दिखाई दे जाए—बस, इतनी-सी उम्मीद के भरोसे ही कह रहा हूँ।

आपको शायद अविश्वसनीय लगे, लेकिन विश्वास कीजिए, उसके दीदार से पहले ही बाँसियारा की हवा में मधुर अफवाहों की तरंगें उठने लगी थीं।

मरांग खाईवाले पुल को पार करते ही हड़ और बहेड़ा के पेड़ों के झुण्ड थे। उन्हीं के बीच से मिट्टी की पतली-सी माँग-जैसी सफेद पगडण्डी थी—दोनों ओर से हमारे मकानों की कतार को छूती हुई-सी अफसरों के इलाके तक जा पहुँची थी।

खड़िया, भुम्पी, मुण्डा और मछुआरों की झुग्गियाँ वहाँ से बहुत दूर, खाई के उस पार थीं। उनसे भी दस-बीस कदम आगे बिलासपुरियों का डेरा था। उनके साथ सिर्फ हाट और हाजिरी के वक्त मुलाकात होती थी, जिस तरह हम लोगों से ऊँची तनख्वाहवाले बँगलों के बाशिन्दों की मुलाकात हुआ करती थी। ऊँचे टीले की उपेक्षित दिशा में हम लोगों के मकान थे, और कोलियरी के ऑफिस, अदालत, डाकघर को घेरते सीजन फ्लावर और बागड़ से सजे बँगलों में मैनेजर से लेकर जे.पी.ओ. तक के छोटे-बड़े मीडियम ओहदेवाले अफसर रहा करते थे। वहाँ के किरानी लोग काम कर-करके बेहाल हो जाते और फायदा दिखाकर बँगलों की ऊँची दुनिया अपनी कुलीनता बरकरार रखा करती।

और इसी दुनिया की उत्तर दिशावाली ढलान पर पानी से भरी खाई के किनारे ईंट की दीवार उठनी शुरू हुई और अफवाहों का बाजार गरमाने लगा।

मराठी मैनेजर की फ्रांसीसी मेम कलकत्ते में रहती थी। टीले की ऊपरी दुनिया में महिलाओं का प्रतिनिधित्व करती थी सिर्फ बड़े मुंशी की नेपाली आया, गोपी सिंह ठेकेदार की पर्दानशीन घरवाली और आर्मेनियन जोसफ साहब की अपाहिज बेटी। घर हमारे भी थे, लेकिन घरवालियाँ नहीं थीं। जंगल की विभीषिका और काले कोयले के पाताल में हमारी इस छोटी-सी धरती पर शादीशुदा और कुँवारों में कोई फर्क नहीं था, और इसीलिए सभी लोग उत्सुकता से भर उठे थे।

पता चला कि डूबने लायक पानीवाली उस खाई, जिसे लोग पोखर कहा करते थे, के किनारे ईंटों की जुड़ाई का काम पूरा हो चुका है। वह कोई नया डायनामाइट डिपो नहीं था, न ही जनरेटर के लिए कमरा; एजेण्ट साहब का डाकबँगला भी नहीं था वह।

वह था बेबी-क्रेच, और इसी बेबी-क्रेच की नर्स के रूप में कोई आ रही हैं। आ रही हैं इस पतझड़वाले जंगल में। सिर्फ हरीतिमा की शोभा लिये हुए नहीं, लाल फागुन की आग बिखेरती हुई भी।

भुम्पी और खड़िया लोगों ने भी यह खबर सुनी, और उराँव लोगों की ईसाई लड़की मरियम ने पूछा, ''ये बीबी-करज क्या चीज है बाबूजी?''

मैंने कहा, ''बीबी-करज नहीं रे, बेबी-क्रेच। मजदूर लोग जब खदानों में काम पर जाएँगे, तो छोटे बच्चों को यहाँ छोड़ जाएँगे।''

इसका सही उच्चारण बेबी-क्रेश होता है, यह तो हममें से किसी को भी मालूम नहीं था, हम लोग बेबी-क्रेच ही कहा करते थे।

मरियम खुश हो गयी और हमें भी प्रसन्नता हुई। हाजिरी का काम निपटाकर खदान का चक्कर लगाये जाने पर मैं अकसर देखता कि आँखों में लाचारी के भाव लिये बच्चों को पीठ पर लादे-लादे मजदूरिनें सिर पर टोकरियाँ लेकर खड़ी चढ़ाई पर आगे बढ़ती जा रही हैं और बोझे के वजन से दोनों ओर से दबायी गयी स्प्रिंग की मानिन्द उनके मजबूत शरीर सिकुड़-से गये हैं। तिस पर धूप से झुलसती रेत के ऊपर बिछी फटी चटाई पर पड़े-पड़े या फिर भूख की वजह से उनके बच्चे रोते रहते। दो डण्डियों पर लिपटा हुआ मैले कपड़े का एक टुकड़ा नाव की पाल की तरह सूरज से उनकी रक्षा करता। कभी-कभी हवा की वजह से वह ओट हट जाती या फिर बच्चे तवे-सी गर्म रेत पर लुढ़क जाते और जोर से रो पड़ते। मुंशी की निगाह और शरीर की थकावट का फायदा उठाकर मजदूरिन-माँ बच्चे की भूख शान्त करके चुप करा देतीं।

कोलियरी की दुनिया की इसी ग्लानि को पोंछने के लिए ही मानो अनुपमा का

वहाँ पदार्पण हुआ था। पलभर में यह खबर चारों ओर फैल गयी।

सिण्डिकेट की बस से कई लोग उतरे, हो मुण्डा बीरहड़ों का एक झुण्ड भी उतरा। सामान समेत उतरे मनोहारी दुकान के मालिक गोपीविलास, उतरे मिसिर जी और उपाध्याय। वे रामगढ़ की मीटिंग से लौटे थे। उतरे हाट के कुछेक व्यापारी—कपड़ों के बण्डल और मनोहारी की टोकरी लिये हुए। सबसे आखिर में जो उतरी, उसके बायीं ओर के सीने पर जुही के फूल-सी एक छोटी बच्ची थी। हम लोगों ने मिलकर अनुपमा के लकवाग्रस्त पति को सहारा देते हुए नीचे उतारा। फुलझड़ी की मानिन्द मुस्कुराहट के साथ अनुपमा ने अभिवादन किया और उसकी वह छवि हमारे मन में अंकित हो गयी। उसके हाथों में सिर्फ सफेद शाँखा[1] थे, सुन्दर हलकी मुस्कान से भरे चेहरे पर मोतियों की दो पंक्तियों की चमक थी, ठुड्डी पर चोट का निशान मिटता हुआ-सा और माँग में सिन्दूर नहीं, मानो रक्तपलाश की एक पँखुरी...।

जंगल के झुरमुट की बाजू से टेढ़ी-मेढ़ी पगडण्डी से होते हुए हम लोग लौट आये और मन की तहों में अनुपमा को लेकर गुनगुनाहट उभर आयी कि कोई आया है—इस पतझड़वाले जंगल में। सिर्फ हरीतिमा की शोभा लिये हुए नहीं, लाल पलाश की आग बिखेरते हुए भी।

उस आग के आकर्षण में मैं अकसर बेबी-क्रेच जाया करता था। दोपहर के सायरन बजने के बाद खाई के छोर पर बने हाजिरीवाले कमरे की सलाखोंवाली खिड़की के पास जाकर बैठने में रोज देर हो जाती थी।

एक नम्बर वाली खाई के पानी की लहरों को देखते-देखते अचानक मैं बेबी-क्रेच की तरफ निकल जाता। अनुपमा मुस्कुराहट के साथ अभिवादन करती। कुर्सी आगे बढ़ा देती। लेकिन सुकून के साथ दो घड़ी बातचीत करने की उसे फुर्सत नहीं मिलती।

"बैठिए, बदमाशों का दूध गरम हुआ कि नहीं, देखकर अभी आती हूँ," यह कहकर अनुपमा वहाँ से चली जाती।

बड़े हॉल में कुछेक झूले लगे हुए थे, बच्चों की कुछेक छोटी-छोटी चारपाइयाँ भी थीं। काले-काले बच्चे चटाई पर बैठे-बैठे भी खेला करते थे।

जाते-जाते वह दो-एक झूलों को हलका-सा धक्का दे जाती, टूटी हुई गुड़िया के झगड़े निपटाती, कभी-कभी अटेण्डेण्ट मरियम से किसी बच्चे का पाजामा बदलने को कहती, एक आवाज में यदि जवाब नहीं मिलता तो वह खुद ही उस काम को कर जाती।

---

1. शंख से बने कड़े-विशेष, जिन्हें बंगाली स्त्रियाँ सुहाग की निशानी के रूप में पहनती हैं।

फिर एक समय लॉजेंस (मीठी गोली) चबाती-चबाती अपनी गोरी-चिट्टी बच्ची को गोद में लिये हुए आ खड़ी होती। मेरी ओर दो गोलियाँ बढ़ाकर कहती, ''उनके हिस्से में से दे रही हूँ, पता चल गया तो मेरी नौकरी चली जाएगी।''

कुछेक मिनट इधर-उधर की बातें करके मैं उठ जाता, भले ही उसके पास से उठने की इच्छा नहीं होती, तो भी। इच्छा होती कि घण्टों उसकी हँसी देखता रहूँ, उसकी बातें सुनता रहूँ।

लेकिन एक समय अनुपमा खुद ही याद दिला देती कि ड्यूटी पर जाने में देर हो जाएगी।

और जब मैं जाने लगता तो फुसफुसाकर कहती, ''थोड़ा समय मिले तो क्वार्टर से होते हुए जाइएगा, थोड़ा उनसे मिलते जाइएगा, बेचारे हिल-डुल भी नहीं पाते।''

इसीलिए कभी-कभी बेबी-क्रेच न जाकर मैं अनुपमा के पति के पास चला जाता था। लकवाग्रस्त शरीर शायद थोड़ा-बहुत हिल-डुल उठता था, उनके चेहरे और आँखों में मलिन हँसी दिखाई देती।

छुट्टी के दिन अनुपमा भी उनके आसपास ही रहती, उसकी छोटी-सी बेटी मुन्नू भी। खाना बनाती-बनाती भागकर दो घड़ी आ बैठती, तो कभी कपड़े की अलमारी को जमाती-जमाती दुनिया-भर की बातें करती जाती अनुपमा—कौन-सा बच्चा क्या बदमाशी करता है या कि मरियम कितनी बुद्धू है, या फिर मुन्नू बड़ी होकर क्या पढ़ेगी, विदेश जाएगी कि नहीं। मुझे इधर-उधर की ये सब बातें भी अच्छी लगा करतीं। अनुपमा के पति की आँखों में प्रसन्नता की उजली हँसी देखना मुझे अच्छा लगता।

सिर्फ ज्योतिर्मय बाबू मुझे अच्छे नहीं लगते थे। कोलियरी इलाके में उनका परिचय जे.पी.ओ. साहब के रूप में था। क्रेच और क्वार्टर में वे अकसर अनुपमा से मुलाकात करने आया करते थे। कुली-मजदूरों की सुख-सुविधाओं का खयाल रखना ही उनका काम था और इसी के बहाने वे अनुपमा के पास आया करते थे। मैं किसी-किसी रोज देखता कि शाम को ठण्डक होते ही अनुपमा पासवाले पहाड़ की ओर टहलने निकल गयी है। साथ में हैं जे.पी.ओ. साहब। मुन्नू को कभी अनुपमा गोद में लिये रहती तो कभी ज्योतिर्मय बाबू। किसी दिन वे मुझे मरांग पोखर के पानी में पैर डुबोये बैठे दिखते या फिर मांकी बाबा के मठ के लॉन में।

उस वक्त इच्छा होने के बावजूद मैं उनके पास नहीं जा पाता। कारण, सच कहने में क्या हर्ज कि हम लोगों को जे.पी.ओ. साहब से थोड़ा डर ही लगता था।

और इसीलिए जिस दिन मैंने देखा कि मुन्नू को लेकर अनुपमा अकेले ही जा रही है तो मुझे उस दिन बेहद खुशी हुई।

लेकिन मरियम बोली, "इसके पीछे एक इतिहास है।" बोली, "जे.पी.ओ. बुरा आदमी है रे बाबू। महिलाओं की इज्जत की ओर हाथ बढ़ाता है और इसीलिए अनुपमा ने उसे खबरदार कर दिया है। जे.पी.ओ. के मुँह पर बेबी-क्रेच का दरवाजा बन्द कर दिया।"

यह सुनकर अनुपमा के प्रति मेरे मन में जितने श्रद्धा के भाव नहीं उपजे, उससे कहीं ज्यादा आशंका झाँकने लगी। हमारे ऑफिस और अड्डों पर इस बारे में तमाम बातें हुईं कि जे.पी.ओ. साहब की जहरीली निगाहों से अनुपमा नहीं बच सकेगी। हम लोग सिर्फ दिन गिनते रहे कि कब अनुपमा को नौकरी से बर्खास्त करनेवाला नोटिस आये।

लेकिन इसके बदले अचानक मैंने देखा...हाजिरीवाले कमरे की खिड़की पर बैठे-बैठे, कुली-मजदूरों के बिल्लों के नम्बर और ठेकेदारों के नाम पूछते-पूछते अचानक मैंने देखा कि पहले की तरह ही बच्चों को पीठ पर बाँधकर मजदूरनियों का झुण्ड काम करने आया है।

छुट्टी का सायरन बजते ही वे लोग झुण्ड बनाकर मैनेजर साठे के बँगले पर जा पहुँचे। बोले, "बीबी-करज में वे बच्चे नहीं रखेंगे। बीबी-करज की आया अनुपमा अपनी बेटी को लेकर ही व्यस्त रहती है। उनके बच्चे पड़े-पड़े रोते रहते हैं, या फिर अफीम के नशे में सोते रहते हैं।"

यह सुनकर हम लोग हँस दिये। काम करते हुए जिसे दो घड़ी बात करने की भी फुर्सत नहीं मिलती, ये कहते हैं कि वह उनके बच्चों को अफीम खिलाकर सुलाती है!

हम लोगों ने जाकर मैनेजर से कहा, "ये सब बातें झूठी हैं सर। आप खुद जाकर देख आइए।"

मैनेजर ने सिर हिलाकर कहा, "जे.पी.ओ. की पिछली रिपोर्ट में भी यही था, लेकिन..."

लेकिन एक दिन काम बन्द रहा तो कोयले के ढेर जम जाएँगे। अठारह वैगनों को यूँ ही लौटना पड़ेगा। कलकत्ते का ऑफिस इसकी कैफियत माँगेगा और हो सकता है, मैनेजर साठे की कॉन्फीडेंशियल फाइल में दो-एक नकारात्मक टिप्पणियाँ जुड़ जाएँ।

इसीलिए मैनेजर ने अनुपमा को बुलाकर आदेश दिया, "बेबी-क्रेच तुम्हारी बेटी के लिए नहीं है। तुम्हें उसे अपने क्वार्टर में छोड़कर आना होगा।"

आदेश सुनकर अनुपमा की आँखों से झर-झर आँसू बह निकले। "मेरे पति को लकवा है, वे उठ भी नहीं पाते। मेरी बेटी को कौन देखेगा? अकेली पड़ी-पड़ी रोती रहेगी। आप बताइए, मैं क्या करूँ?"

लेकिन मैनेजर का काम कोई अनुपमा की सुख-सुविधा देखना तो था नहीं। उनका काम कोलियरी चलाना था।

फलतः अपने आँसू पोंछकर अनुपमा को लौट आना पड़ा। वह सिर्फ इतना बोली, "मैं जानती हूँ, कुली-मजदूरों को किसने गलत समझाइश दी है।"

मैंने सिर झुकाकर कहा, "हम लोग भी जानते हैं।"

लेकिन जानने-भर से तो कुछ किया नहीं जा सकता। मैंने महसूस किया कि हम लोगों में सिर्फ अनुभूति है, ताकत नहीं।

मैंने अनुपमा से कहा, "डरने की कोई बात नहीं। मुन्नू की जिम्मेदारी हम लोग लेते हैं।"

वह खुशी के मारे हँस पड़ी, आँचल से आँखें पोंछकर बोली, "मुझे मालूम था।"

हम लोग बारी-बारी से मुन्नू को देखने जाते थे—मैं, कम्पास बाबू, डाकघर के अवनि। जिसे जब समय मिलता, ड्यूटी जाने से पहले या दोपहर की छुट्टी के वक्त, हम हाजिर हो जाते। अनुपमा के पति अपनी बीमार असहाय आँखों से देखते रहते। वे बात करने की कोशिश करते, लेकिन जबान की जड़ता में सब बातें उलझकर रह जातीं। घुटनों के बल चलकर आती मुन्नू हाथ उठाकर गोदी में चढ़ना चाहती। हम लोग हँसते, उसे हँसाते, चन्दा करके उसके लिए रामगढ़ से मीठी गोलियाँ, गुड़िया और कपड़े लाते।

दोपहर का सायरन बजता और उसे छोड़कर हम लोगों को काम पर लौटना पड़ता। बेबी-क्रेच की बाजू से गुजरते हुए हम देखते कि खिड़की के पास उत्कण्ठा-भरी आँखें लिये अनुपमा खड़ी हुई है। निगाहें टकरातीं, मैं गरदन हिलाता, कहता, "देख आया हूँ।"

"आपने दरवाजा अच्छी तरह बन्द किया है न?" अनुपमा शंकित स्वर में पूछती। फिर जवाब मिलते ही वह खिड़की के पास से हट जाती।

मैं सोचता, शायद काम की व्यस्तता की वजह से वह एक पल भी नहीं रुक पाती है।

रोज की इस धारा में अचानक एक दिन रुकावट आ गयी। अनुपमा के क्वार्टर पहुँचकर मैंने देखा, दरवाजा खुला हुआ है। मुन्नू वहाँ नहीं है। अनुपमा के पति ने कुछ कहना चाहा लेकिन कह नहीं सके। उन्होंने हाथ उठाने की कोशिश की, फिर उन्हें नीचे कर लिया। उनकी आँखों से आँसू ढुलक पड़े।

मैंने चीखकर पुकारा, "मुन्नू, मुन्नू!" किसी ने खुशी की हँसी हँसते हुए जवाब नहीं दिया। हमने पूरा घर छान मारा, बाहर भी—मैं, कम्पास बाबू, डाकघर वाले अवनि और बहुत सारे लोग।

खबर मिलते ही अनुपमा दौड़ी आयी।

मुन्नू हमें कुछेक दिनों बाद मिली। सन्थाली मछुआरे पानी से भरी एक नम्बर-वाली खाई से मछली पकड़ते वक्त मुन्नू को उठा लाये।

सारी कोलियरी की भीड़ मुन्नू की फूल चुकी छोटी-सी लाश को घेरकर जमा हो गयी।

अनुपमा ने सिर्फ एक निगाह उठाकर मेरी, कम्पास बाबू और डाकघर वाले अवनि की ओर देखा। उस निगाह में फरियाद थी कि आप लोगों ने जिम्मेदारी ली थी!

और हम लोगों ने शर्म और दुःख के मारे आँखें नीची कर लीं। हम अपना वादा पूरा नहीं कर पाये थे।

हम लोग बाद में क्षोभ और शर्म के मारे चेहरा दिखाने में भी डरने लगे थे और इसीलिए बेबी-क्रेच की बाजू से जानेवाले शॉर्टकट रास्ते को छोड़ ड्यूटी के लिए रोप-वे के नीचेवाले चक्करदार रास्ते से जाने लगे थे।

मैं अचानक एक दिन उसी पुराने रास्ते पर लौट आया। आकर मैं बेबी-क्रेच की खिड़की के पास खड़ा हो गया। नहीं, उत्कण्ठा से भरी हुई आँखें वहाँ नहीं आयीं। मीठी हँसी लिये किसी ने अभिवादन नहीं किया, फिर भी जाने किस चीज के नशे में मैं वहाँ इन्तजार करता रहा!

खिड़की के पास अनुपमा नहीं, उराँव लोगों की ईसाई लड़की मरियम आ खड़ी हुई। बोली, ''बीबी-करज की आया चली गयी।''

पता चला कि सुबह जब मैं हाजिरीवाले कमरे में बैठा था, तभी अनुपमा चली गयी, और जाते-जाते वह बार-बार मेरे बारे में ही कहती रही। उसने मेरी तलाश भी की थी, मरियम ने बताया।

मैं लौट आया। गहरी साँस लेकर कहा, ''चली गयी, अनुपमा चली गयी। इस पतझड़वाले जंगल की सारी हरीतिमा की शोभा लेकर, फागुन की सारी आग लेकर चली गयी है वह।''

आज भी बेबी-क्रेच के पास से गुजरते हुए अनुपमा याद आती है। याद आती है खिड़की के पास खड़ी उत्कण्ठा-भरी दो आँखें, फुलझड़ी-सी हँसीवाला चेहरा।

मन आज भी पश्चात्ताप-भरी निगाहों से अनुपमा को तलाशता रहता है।

अचानक आपके कान के पास अगर कोई उस नाम की गुहार लगाये, अगर किसी रोज रात को वह किसी लम्बी दूरीवाली ट्रेन की किसी बोगी में दिखाई दे या फिर भीड़-भरे शहर की किसी अन्धी गली में अगर आप उसे पहचान सकें, उसके हाथों में सिर्फ सफेद शाँखा है, उसके दुखी चेहरे पर मोतियों की दो पंक्तियों की चमक है, ठुड्डी पर चोट का निशान—मिटता हुआ-सा, बायीं आँख के नीचे एक छोटा-सा काला तिल...।

यदि आपको मिलती है अनुपमा, तो कहिएगा, उसे हम नहीं भूले हैं। उसे हम नहीं भूल सके हैं। कहिएगा, हम लोगों में सिर्फ अनुभूति है, ताकत नहीं।

उससे कहिएगा कि अन्धकामना की आग में एक छोटे-से शिशु के प्राण जलकर राख हो सकते हैं, इस सच्चाई को हम लोग जान गये हैं।

झूमरा बीबी का मेला

दारोगा अविनाश बाबू बोले, ''इस भयंकर मामले में किसी तरह का झगड़ा वगैरह हुआ था क्या...''

बात पूरी करने की जरूरत नहीं पड़ी। रेंजर अमिय बाबू भी हँस दिये, ''हो सकता है, बुड्ढे ने साल-भर पहले ही तो, सुना है, सोलह-सत्रह साल की एक लड़की से शादी की थी।''

थाने के सिपाही काली मण्डल ने कहा, ''सर, जब उसने खुद ही सरेण्डर कर दिया है, तो मामला भी पता चल जाएगा, लेकिन डकैत पट्ठा मरकर हम लोगों को बेवकूफ बना गया, सर।''

बूधन किस्कू की मौत से विशेष रूप से दारोगा अविनाश बाबू ही ठगे गये। इतने दिनों की तलाश-तफ्तीश सब बेकार गयी।

मैनागढ़ से बरकाडीह तक के पूरे कोयला खदान अंचल के रहवासी दुर्दान्त डकैत बूधन किस्कू के डर से काँपते थे। तुरुक (मुसलमान) किसान लोग कहते, झूमरा बीबी ने डायन बनकर बूधन को भी झाड़-फूँक के मन्तर सिखा दिये हैं। 'मारांग बुरू'[1] की आराधना कर बूधन को सिद्धि मिल गयी है और इसीलिए साला पेड़ की फुनगियों पर चढ़कर साँय-साँय कर उड़ता हुआ आज यहाँ तो कल वहाँ डकैती, नहीं तो फिर राहजनी करके लौट आता है। थाना-हाकिम में कूवत नहीं कि कोई उसकी चुटिया पर हाथ भी रख सके।

हालाँकि बूधन की चुटिया नहीं थी और न ही अपने बाप की तरह सीने तक वह दाढ़ी रखता था। बूधन किस्कू का नाम ही लोगों की जबान पर घूमा करता था। उसका असली चेहरा किसी ने नहीं देखा था और यदि देखा भी हो तो किसी के सीने में इतना दम नहीं था कि वह पुलिस को उसके बारे में बताता। इकरामपुर थाने

1. सन्थालियों के कुल देवता

के दारोगा अविनाश बाबू ने भी हार मान ली थी और सरकारी डाक लूटने के बाद झूमरा बीबी की बेटी असमिना के खून की तफ्तीश करते-करते जब बूधन किस्कू के तमाम अड्डों का पता चल गया, सोनाडी के चारों ओर सिविल ड्रेस में पुलिसवाले तैनात कर दिये गये...सिर्फ गिरफ्तारी का इन्तजार था, और ऐसे वक्त यह...।

लगा कि मियाँ माझी ने अपने बेटे की गर्दन पर फरसे का वार नहीं किया, मानो अविनाश बाबू के प्रोमोशन के पाँवों पर कुल्हाड़ी मार दी है।

अविनाश बाबू गहरी साँस छोड़कर बोले, "लगता है, पूरी जिन्दगी इस इकरामपुर के जंगल में ही काटनी पड़ेगी। सोचा था कि बूधन के गिरोह का ही कोई व्यक्ति मुखबिरी करेगा और मैं हथकड़ी पहनाऊँगा। लेकिन अब तो तबादले की कोई उम्मीद नहीं...।"

निराश होने की ही बात थी। जिस जंगल में एक साल से ज्यादा कोई दारोगा टिक नहीं पाता था, उस जंगली प्रदेश में अविनाश बाबू की जिन्दगी तमाम होने चली थी।

छोटे-छोटे टीलों की लहरें मैनागढ़ से बरकाडीह तक फैली हुई थीं। शाल, महुआ और आँवले के घने जंगलों के बीच-बीच में सन्थालों के छोटे-छोटे गाँव थे। बीच राह में एक सँकरी-सी नदी थी—सोनातुलसी।

सोनातुलसी के किनारे कुछेक बँगले थे। फॉरेस्ट ऑफिसर और उनके उन सहकर्मियों के सरकारी मकान थे वे, जो तबादलों के बाद भी एक जंगल से दूसरे जंगल में ही रह जाते थे। लेकिन अविनाश बाबू तो तबादले के बाद मैनागढ़ कस्बे जा सकते थे या फिर बरकाडीह। लेकिन अफसोस कि इस जंगल में उन्हें थाना-हाकिम बनकर सूखे सलाम से ही पेट भरना पड़ता है।

निकटवर्ती कहने को सोनातुलसी के उस पार एक गाँव था। पहाड़ की ढलान पर दो-चार बीघे लाल मिट्टीवाले खेत थे और थे तुरुक किसानों के चार मकान।

शायद प्राचीनकाल में कभी इस जंगल में तुर्की सेना का आना हुआ था और इसीलिए मुसलमानों का नाम तुरुक पड़ गया था, जैसे कि हिन्दुओं का नाम देको[1] हो गया था।

इकरामपुर के तुरुक किसान किसी वक्त जंगलवासी हुआ करते थे। वे न जाने कैसे खेतों में स्थायी रूप से डेरा डालकर मुसलमान हो गये थे। हालाँकि वे नाम से ही तुरुक थे, आचार-व्यवहार में वे पाई-हिस्सा मुसलमान थे और बारह आने सन्थाली। जबान में वही सन्थाली का प्रवाह, जिसमें उर्दू के थोड़े-बहुत छींटे मिले रहते थे। उनके देव-देवियाँ वही किंसाड़ बोंगा, हड़ाम बोंगा, रामसालगी लिटा,

1. जो समतल मैदानों में रहते हैं।

जमसिम बोंगा वगैरह थे। लेकिन उस पार के लोग जिस तरह कहा करते थे कि सिंगे बोंगा सबसे बूढ़े हैं, वैसे ही तुरुक लोगों के सबसे बड़े देवता थे एल्ला बोंगा! इसी एल्ला बोंगा की कसम खाकर बूढ़ा मियाँ माझी बोला, "हुजूर थाना-हाकिम, मैं झूठ नहीं बोलूँगा। थाना-हाकिम, सजा देनी हो तो मुझे लटका दें।"

यह सुनकर अविनाश बाबू, पाण्डे, सहाय, सिपाही काली मण्डल मुस्कुराये। अमिय बाबू भी मुस्कुराये। बोले, "थाना-हाकिम! उसने नाम बड़ा प्यारा दिया है।"

दारोगा अविनाश बाबू थे थाना-हाकिम और जमादार गोविन्द सहाय थे दारोगा। जंगल-पुलिस के दफ्तर में बैठते थे, इसलिए रेंजर अमिय बाबू का नाम जंगल-साहब हो गया था।

जंगल-साहब के बँगले के बरामदे में बैठकर गपशप की जा रही थी। रेंजर अमिय बाबू, दारोगा अविनाश बाबू, जमादार गोविन्द सहाय, एफ.ए. हृदयनाथ पाण्डे तथा दो-चार चपरासी एवं कांस्टेबल वहाँ थे। बाहर अमावस्या के अँधेरे में बीच-बीच में बिजली चमक रही थी। मूसलाधार तो नहीं, लेकिन लगता था कि कोलतार की बाढ़ आयी है।

पेड़ के पत्तों की खरखराहट, रिमझिम बारिश और झींगुरों की झनकार के बीच अचानक लड़खड़ाकर चलता हुआ बूढ़ा मियाँ माझी आ धमका!

फर्श पर बैठा-बैठा जमादार गोविन्द सहाय अपने आप में डूबा खैनी मल रहा था। बुड्ढा उसी के सामने जा खड़ा हुआ।

"सलाम दारोगा साहेब।"

सीधे अमिय बाबू के सामने जाने की उसकी हिम्मत नहीं हुई। उसने गमछे से बँधी पोटली को उतारकर सामने रख दिया।

बरामदे में एक लालटेन टिमटिमा रही थी, इसीलिए पहले-पहल गोविन्द सहाय समझ नहीं पाया। खेत से खरबूजा लाया है, सोचकर उसने बायीं हथेली पर दो पोली-सी तालियाँ बजायीं, फिर खैनी मलना छोड़कर वह गमछा खोलते ही डर के मारे चीख उठा, "अरे राम-राम सियाराम, यह तो 302 का केस है।"

फिर बुड्ढे के चेहरे की ओर देखकर अविनाश बाबू उसे पहचान गये, "अरे तू सोनाडीह का मियाँ माझी है न?"

"हूँ, थाना-हाकिम। आप लोग भी इसे लटका ही देते, तो पट्ठे को मैंने ही काट डाला!"

अविनाश बाबू बात समझ नहीं पाये। उन्होंने पूछा, "हम लटका देते? क्यों, कौन तेरा बेटा?"

"डलिया ला के देख लें ना। वो रहा मेरा बेटा बूधन किस्कू। दें हुजूर, लटका दें।"

अविनाश बाबू मुस्कुराये।...''बूढ़े-हाकिम के यहाँ सुनवाई होगी, तुझे अभी फाँसी दे दूँ? लेकिन ये बूधन है कौन? डकैत बूधन क्या तेरा बेटा है?''

बुड्ढे ने सिर्फ गर्दन हिलायी, 'हूँ।'

अविनाश बाबू गोविन्द सहाय से बोले, ''बुड्ढे को हाजत में रखने का इन्तजाम कर गोविन्द, सिर लाया है, धड़ भी तो लाना पड़ेगा।''

बुड्ढे मियाँ माझी को बात समझ में आ गयी। वह बोला, ''वह तो हुजूर, सोनाडीह में पड़ा हुआ है, बुढ़ा गया हूँ, मुर्दा ढोकर लाने की कूवत अब कहाँ? लेकिन हाजत में क्यों रख रहे हुजूर, लटका दें। बोंगा ने सपने में कहा था कि बेटे की कुरबानी दे, सो मैंने कुरबानी दे दी, अब मुझे लटका दें।''

चूँकि बेटे का खून किया था, इसलिए मानो फाँसी से ही बुड्ढे को शान्ति मिलनी थी।

लेकिन अविनाश बाबू को इस बात का दुःख था कि वे स्वयं बूधन किस्कू के गले में फाँसी का फन्दा नहीं डाल सके।

गोविन्द सहाय कुछ कांस्टेबल, सिपाही काली मण्डल और कमर में रस्सी से बँधे मियाँ माझी को लेकर जैसे ही वहाँ से निकल गये, अमिय बाबू बोले, ''बताइए तो यह मामला क्या है? जाने कैसा रहस्यमय-सा लग रहा है!''

अविनाश बाबू मुस्कुराये, ''रहस्य? रहस्य नहीं, बाकायदा रहस्य-उपन्यास है।''

सचमुच उपन्यास ही है।

तुरुक किसानों का गाँव था सोनाडीह और उस गाँव का दुर्दान्त डकैत था बूधन किस्कू। मैनागढ़ से बरकाडीह तक, पूरे क्षेत्र में जितनी भी हत्याएँ, डकैतियाँ, राहजनी और मारपीट होतीं, उसके लिए लोग बूधन को ही जिम्मेदार ठहराते। हालाँकि हिम्मत जुटाकर कोई कुछ कहता नहीं। वह दिखने में कैसा है, कहाँ रहता है, किसका बेटा है, इस बारे में कुछ भी पता नहीं चलता था और पता चलता भी तो कैसे? गाँव के सन्थाली लोग कहते—'वो हुजूर, उसने झूमरा बीबी से डायन का मन्तर सीख लिया है। मारांग बुरू का नाम लेते ही वह रूप बदल लेता है, अभी इनसान तो अगले ही पल हिरण का रूप या फिर पंछी। सुना है कि बूधन हवा में उड़ भी सकता है, वह सोनातुलसी के पानी में बिला जाता है।'

लोग एक और आदमी की बात किया करते थे। वह था हरकारा निर्मल सिंह। कहते हैं कि निर्मल सिंह ने झूमरा बीबी की बेटी असमिना से मन्त्र सीखा था, झुमुर-झुम-झुमुर-झुम आवाज करता वह भी हवा में उड़कर जा सकता था।

लाठी के सिरे पर घुंघरू बँधे थे, पीठ पर चिट्ठियोंवाला बैग लेकर मैनागढ़

से बरकाडीह तक जाता था निर्मल सिंह। शाम के धुँधलके में झुमुर-झुम-झुमुर-झुम आवाज आती थी, और बीच-बीच में एक लम्बी गुहार सुनाई देती—स-र-का-री-डा-क! और निर्मल सिंह फिर से चल देता। उसकी पीठ से बँधे मेल-बैग में चिट्ठियाँ, पार्सल और रुपये-पैसे रहा करते थे। शनिवार को सिर्फ मनीऑर्डर ही नहीं, सेविंग बैंक में जमा हुए रुपये भी बड़े डाकघर में भिजवाये जाते थे।

डाक हरकारे की ओर किसी ने कभी भी लालच का हाथ नहीं बढ़ाया था। लेकिन अचानक लगातार दो दिनों तक निर्मल सिंह के घुँघरू नहीं बजे। तीसरे दिन खबर आयी।

रेंजर अमिय बाबू ने सोचा था कि शायद वह बीमार हो गया है।

लेकिन यह बीमारी नहीं, चिरनिद्रा थी। सोनातुलसी के किनारे तलाश करते-करते मेल-बैग मिला। हरकारे की लाठी और मेल-बैग वहाँ पड़े हुए थे और पास में ही एक लाश थी।

नहीं, निर्मल सिंह नहीं, वह अठारह-बीस साल की एक जवान सन्थाली लड़की थी। किसी ने गला घोंटकर उसकी हत्या कर दी थी।

गाँव के लोगों ने कहा कि वह झूमरा बीबी की बेटी असमिना है। माँ की तरह बेटी भी डायन थी। उसने निर्मल सिंह को अपने वश में कर रखा था। उसने उसे लालच दिया था और मौका पाकर उसका कलेजा निकालकर खा लिया था, और इसीलिए निर्मल सिंह हवा में बिला गया है। डायन जब इनसान का कलेजा खाती है तो किसी तरह का कोई निशान नहीं छोड़ती।

लेकिन असमिना मरी कैसे?

बुड्ढे ने कहा, ''माँ-बेटी दोनों ही डायनें थीं। माँ को उसका हिस्सा दिये बगैर उसने निर्मल सिंह को खा लिया था, इसलिए झूमरा बीबी ने बेटी का सीना चीरकर कलेजा निकाल लिया है।

''तुम तो हँसते हो बाबू लोग! डायन होती है कि नहीं, आपने देख लिया न हाकिम?'' बूढ़ा मियाँ माझी अविनाश बाबू से बोला।

बूढ़े मियाँ माझी का दिमाग गाँव का था। उसके पास दो-तीन बीघा जमीन थी। वह ज्वार की खेती करता था।

उसके यहाँ जा धमके अविनाश बाबू, साथ में थे जमादार गोविन्द सहाय, कुछेक कांस्टेबल और सिपाही काली मण्डल। बोले, ''तुम लोग अगर मदद नहीं करोगे तो डाकू को पकड़ना सम्भव नहीं हो सकेगा।''

बूधन मियाँ माझी का बेटा है, यह तो उन्हें मालूम ही नहीं था।

मियाँ माझी ने एक लम्बी साँस छोड़कर बैठने के लिए खटिया बिछा दी। फिर बोला, "झूमरा बीबी ही असामी है हुजूर। उस डायन को लटका दें—देखना, बूधन ठीक हो जाएगा।"

अविनाश बाबू समझ गये कि इस तरह काम नहीं होगा। लौटकर रेंजर अमिय बाबू से बोले, "अब आप ही बताएँ, क्या किया जाए। उसके बारे में कोई कुछ भी नहीं बता रहा। सबको यही डर है कि बूधन को पकड़वा दिया तो डायन कलेजा खा लेगी।"

कहते हैं, सोनाडीह के लोगों पर पहले बोंगाओं की कृपा-दृष्टि रहती थी। फिर यह झूमरा बीबी डायन बन गयी। वह अँधेरी रात में मन्त्र पढ़कर पति को सुला देती और फिर बाहर निकल जाती। वह अपने पति के पास एक झाड़ू रख जाती और मन्त्र के प्रभाव में वह झाड़ू से लिपटकर सोया रहता। उसे लगता कि झूमरा बीबी ही वहाँ लेटी है। झूमरा तब एक सूप पर दीया जलाकर निकल जाती।

गाँव के बहुत-से लोगों ने यह दृश्य देखा था, एल्ला बोंगा की कसम खाकर वे लोग कहा करते।

वह एक भयंकर चेहरा था। तेल और सिन्दूर से माथा दमकता रहता। हाथ में दीया, झूमरा बीबी का काला पत्थर-सा शरीर देखकर लगता कि उसकी भुजाओं में मर्दों-सी ताकत है। और गर्भिणी लड़कियों-जैसी उसकी भारी लजीली अदा देखकर जिस पुरुष का मन चंचल हो उठता, झूमरा बीबी उसी का कलेजा अपनी मुट्ठी में भर लेती। सिर्फ इतना ही नहीं, वह सब जगह घूम-घूमकर कहीं झमेले के मन्त्र पढ़ आती, बाप-बेटी में पाप लगाती, कोठों के अनाज में घुन लगवाकर गाँव के लोगों को भूखा मारती।

बूढ़े मियाँ माझी ने कहा था, "तब हमें पता नहीं था थाना-हाकिम कि वह सचमुच डायन है या नहीं।"

"तो फिर कैसे पता चला?" सिपाही काली मण्डल ने पूछा।

मियाँ माझी ने दाढ़ी पर हाथ फेरते हुए कहा था, "डायन दिख जाए तो खामोश रहना चाहिए। तो जब मन ने कहा कि झूमरा बीबी डायन है, तब गाँव के सभी लोगों ने कहा कि हमने भी उसे देखा है।"

इसी झूमरा बीबी के वश में हो गया है किस्कू। बोंगाओं का धरम न मानकर, उसने अपने आपको पाप के गर्त में गिरा लिया है।

अमिय बाबू के सामने यह कहानी कहते-कहते दारोगा अविनाश बाबू की आँखें छलछला उठी थीं। उन्होंने कहा था, "कितनी बड़ी पीड़ा की वजह से इनसान अपने बेटे की हत्या कर सकता है, बुड्ढे से इस बारे में न सुनें तो आप विश्वास ही नहीं कर सकते अमिय बाबू। पुरोहित के समक्ष शादी के बाद आधी

जिन्दगी बीत जाने के बाद भी मियाँ माझी के यहाँ बाल-बच्चे नहीं हुए थे—न बेटा, न बेटी, और फिर बाद में बेटे के हाथों ही मियाँ माझी की पहली बीवी का खून हुआ था।''

"फिर?''

"माँ न रहे तो बाप के लाड़-प्यार में अमूमन जैसा होता है, वैसा ही हुआ। बूधन किस्कू खेती-बाड़ी छोड़कर शिकार में रम गया। छोटी-मोटी चोरी-चकारी। फिर भी बाप उसके प्रति सख्ती नहीं बरत सका। और फिर वह जवान हो गया, पंचायत ने कहा कि बेवा झूमरा बीबी के संग इसकी प्रीत हो गयी है। डर दिखाकर, जुरमाना करके भी जब कुछ भी असर नहीं पड़ा, तो सबने कहा—झूमरा बीबी डायन है। उसे गाँव से भगाना पड़ेगा।''

अमिय बाबू बोले, "उनके जीवन में सचमुच मैंने केवल दो ही चीजें देखी हैं—बोंगा और डायन।''

अविनाश बाबू बोले, "लेकिन डायन कहने-भर से तो काम नहीं चलने का, पुरोहित के समक्ष सुनवाई होगी, तब ही। ओझा के यहाँ कौड़ी गिनवाकर, फिर धूनी-सुपारी और मिट्टी का धूनी-पात्र लेकर पुरोहित के पास जाना पड़ेगा।''

हाथ में हथकड़ी और कमर में रस्सी से बँधा मियाँ माझी बयान दे रहा था। अविनाश बाबू की बातें सुनकर बोला, "हाँ, हुजूर, पुरोहित ने सबकुछ सही-सही बताया, फिर उसने पैसे माँगे। मैंने पैसे दिये तो बोला कि पट्ठे के सिर पर डायन सवार है, तो मैंने डायन का पता पूछा। पुरोहित ने उसका पता बताया। तलाश की तो डायन झूमरा बीबी निकली। तो फिर गाँववालों ने उसकी जमकर पिटाई की और माँ-बेटी को बेआबरू कर वहाँ से भगा दिया।''

मजबूरन झूमरा को गाँव के बाहर अपना ठौर बनाना पड़ा।

उसी झूमरा बीबी की तलाश में अविनाश बाबू ने लोग भेजे। लेकिन तीन दिनों तक उसका कोई सुराग नहीं मिला। आखिरकार मियाँ माझी और उस लाश को बरकाडीह भेज देना पड़ा।

कुछ दिनों के बाद, झूमरा बीबी के लौटने के बाद जब उसे पता लगा कि बुड्ढे मियाँ माझी ने फरसे से अपने बेटे बूधन किस्कू की गर्दन उतार दी है, तो वह दहाड़ें मारकर रोती हुई जमीन पर लोट गयी, फिर आँसू पोंछकर बोली, "उस बुड्ढे को फाँसी तो होगी न हुजूर?''

अविनाश बाबू ने अपने मजाकिया स्वभाव के मुताबिक कहा, "क्यों जी, बूधन तुम्हारा क्या लगता था जो तुम उसके बाप को फाँसी पर लटकवाना चाहती हो?''

झूमरा बीबी आँसू पोंछती बोली, "हम लोग बूधन के बल पर ही जी रहे थे। वह न होता तो हम भूखों मरते थाना-हाकिम।''

"तो फिर सती ठकुराइन, जब तुम्हारी बेटी सोनातुलसी के किनारे मरी पड़ी हुई थी, तो तुमने बूधन किस्कू के खिलाफ क्यों रिपोर्ट लिखवायी थी?"

झूमरा बीबी को शायद पूरी बात समझ में नहीं आयी, लेकिन जितनी समझ में आयी, वह उसी से शर्मिन्दा हो उठी। बोली, "उसकी बहुत सारी वजहें हैं हाकिम।"

झूमरा बीबी जितने आँसू पोंछती, उसकी आँखें उतनी ही सजल हो जातीं।

गाँववालों ने भले ही पंचायत बिठाकर उसे गाँव से बाहर निकलवा दिया हो, लेकिन बूधन किस्कू झूमरा बीबी को अपने मन से नहीं निकाल सका।

अमिय बाबू मुस्कुराते हुए बोले, "आशनाई का मामला है। उससे उमर में दस साल बड़ी है ये पतुरिया, और उसके साथ..."

अविनाश बाबू हँसे, "अब भई, जिसके साथ जिसका दिल मिल जाए..."

फॉरेस्ट ऑफिसर पाण्डे बोले, "बिलकुल सच अविनाश बाबू। पहले पानी, पीछे जात-विचार।"

खैर, यहाँ तो जात एक ही थी, फर्क सिर्फ उम्र का था। इसके अलावा बूधन डकैत की वजह से ही तो झूमरा बीबी को भूखों मरने की नौबत नहीं आयी थी। अपनी बेटी को लेकर गाँव के बाहर जब उसने अपना डेरा जमाया, तब उसके पास न तो अपनी जमीन थी और न ही चाँदी। और पैसे देने के बावजूद कोई उसे चावल का एक दाना भी नहीं बेचता था। उन दिनों बूधन किसी-किसी रोज आधी रात को उनके यहाँ आ धमकता। दाल-चावल, सोना वगैरह, लूट के माल में से थोड़ा वह झूमरा बीबी को दे दिया करता था। हँड़िया पीकर वह झूमरा बीबी के साथ रात बिताता और भोर की रोशनी की झलक दिखने से पहले ही वहाँ से गायब हो जाता।

उन सब दिनों की बातें बताते-बताते झूमरा बीबी घुटनों में मुँह छुपाकर रोने लगी। बोली, "हँड़िया पीते ही मन भीतर से बेअदब हो जाता है थाना-हाकिम। अच्छा आदमी भी पापी बन जाता है।"

यानी मन में पाप प्रवेश करता है। बूधन के मन में भी एक दिन उसी पाप ने प्रवेश किया था। अचानक एक रोज आधी रात को आकर बूधन डकैत ने हँड़िया की माँग की और फिर जब उस पर नशा चढ़ गया तो उसने झूमरा बीबी को धक्का मारकर परे हटाते हुए कहा, "अपनी बेटी को ले आ।"

"डाकू नशे में बाघ-सा तेज हो जाता है हुजूर!" झूमरा बीबी बोली।

अविनाश बाबू बोले, "और इसलिए तू बेटी को ले आयी, क्यों?"

शर्म के मारे झूमरा बीबी सिर नहीं उठा सकी।

"फिर?"

फिर बूधन जब भी आता, हँड़िया माँगता और हँड़िया पीकर असमिना के संग रात बिताता, फिर एक रोज अचानक वह शाम को आ धमका और बोला, "बेटी

को ले आ।''

अमिय बाबू बोले, ''वाह, बड़ा इण्टरेस्टिंग मामला है भई!''

अमिय बाबू हँसे, ''फिर? तूने असमिना को बुला लिया?''

इतनी देर में झूमरा बीबी ने चेहरा ऊपर उठाया। बोली, ''नहीं हुजूर, असमिना शाम के वक्त सोनातुलसी से पानी भरकर लाया करती थी। 'वह घड़ा लेकर पानी लाने गयी है' सुनकर बूधन फरसा लेकर उस ओर चल दिया। आगे की बात तो तुम लोगों को मालूम ही है हुजूर,'' कहकर झूमरा विलाप करने लगी, ठीक उसी तरह, जिस तरह उस दिन बेटी की लाश पर लोटते हुए विलाप कर रही थी।

सारी बातें सुनने के बाद अविनाश बाबू बोले, ''तो फिर तू बूधन के बाप को फाँसी पर लटकाने की बात क्यों कर रही है? बूधन मर गया, अच्छा ही हुआ।''

झूमरा बीबी के जाते ही अमिय बाबू ने पूछा, ''फाँसी होगी?''

''आप पागल हो गये हैं क्या?'' अविनाश बाबू हँसे। बोले, ''कुछेक साल की जेल तो जरूर होगी।''

कुछ महीने बाद बरकाडीह लौटकर एक दिन वे बोले, ''अमिय बाबू, जेल ही हुई, चार साल की। बूढ़े मियाँ माझी ने ऐसा स्टेटमेण्ट दिया कि अदालत में मौजूद सभी लोगों की आँखें भर आयीं।''

''क्या कहा उसने?'' अमिय बाबू उत्सुक हो उठे।

''उसने कहा कि 'हुजूर, मैंने उसे जन्म दिया, मैंने ही उसकी जान ली है। अब कानून के मुताबिक फाँसी देनी हो तो दे दो। जिस बेटे को गोद में, पीठ पर लेकर प्यार से पाला-पोसा, वह जब भला इनसान नहीं बन सका, वह डकैती-राहजनी करता-फिरता है, लड़कियों को बेइज्जत करके वह एल्ला बोंगा के सामने बेईमान साबित हुआ है, उसे काट नहीं डालूँगा तो क्या मुर्गी की बलि देकर उसकी पूजा करूँगा?' ''

अमिय बाबू ने गहरी साँस छोड़ते हुए कहा, ''बात तो ठीक ही है।''

क्षोभ-भरी हँसी हँसे अविनाश बाबू। ''कहता है कि उसके बेटे की कोई गलती नहीं थी, डायन ने उसे अपने वश में कर रखा था। लेकिन उसे जेल की सजा हुई है, सुनकर बुड्ढा जोर-जोर से रोने लगा। मैंने सोचा, फाँसी के लिए जो इतना आग्रही है, वह जेल होने की वजह से रो रहा है। मेरे पूछने पर वह बोला, 'हुजूर, हिसाब गलत हो गया है। फाँसी नहीं हुई तो बोंगा लोग खुश नहीं होंगे, बूधन अच्छा नहीं हो सकेगा।' ''

थोड़ी देर चुप रहकर अविनाश बाबू बोले, ''बेटे का खून करके यह शायद पागल हो गया है। लेकिन तन्त्र-मन्त्र नहीं भूला।''

पाण्डे ने भी गहरी साँस छोड़ते हुए कहा, ''विश्वास, अमिय बाबू, विश्वास!''

सचमुच ऐसा ही था। ऐसे ही थे ये तुरुक किसान। जिस बात पर एक बार वे भरोसा कर लेते, सारी जिन्दगी उस पर टस-से-मस नहीं होते, अमिय बाबू कहते थे। वे नये दारोगा सुधीन बाबू से ऐसा कहा करते।

अविनाश बाबू का तबादला बरकाडीह हो गया था और उनकी जगह पर आये थे सुधीन बाबू।

हत्या-डकैती-राहजनी के केस आते तो अमिय बाबू बूधन किस्कू और मियाँ माझी के किस्से सुनाने लगते थे। कहते, "वह एक अविश्वसनीय मामला था सुधीन बाबू। शाम को झमाझम बारिश हो रही थी, हम लोग बैठे गपशप कर रहे थे, अचानक बूढ़ा मियाँ माझी गमछे में बेटे का कटा हुआ सिर बाँधकर वहाँ आ धमका! यह क्या आज की बात है, इस बात को लगभग तीन-चार साल हो गये हैं!"

उस दिन भी इसी तरह की किसी घटना पर बातचीत हो रही थी, अचानक सिपाही काली मण्डल भागता-भागता आकर बोला, "सोनाडीह के एक पेड़ पर एक बुड्ढे का शरीर झूल रहा है, उसने फाँसी लगा ली है।"

"आत्महत्या?" सुधीन बाबू ने सवाल किया।

"हाँ, सर, स्यूसाइड केस," काली मण्डल ने कहा।

अमिय बाबू, सुधीन बाबू, पाण्डे, सहाय—सभी निकल गये। घुटनों तक गहरा सोनातुलसी का पाट पारकर उन्होंने वहाँ जाकर देखा कि पेड़ के पास भारी भीड़ जमा हो गयी है।

एक सिपाही ने पेड़ पर चढ़कर रस्सी काट दी, धप्प-से वह लाश जमीन पर आ गिरी।

अमिय बाबू ने झुककर देखा, एक बहुत ही बूढ़ा-सा व्यक्ति था। उसका चेहरा झुर्रियों से भरा हुआ था।

किसी ने कहा, "जंगल-साहब, कैद पूरी हो गयी थी, इसलिए सोनाडीह लौट आया था बूढ़ा मियाँ माझी।"

किसी और ने कहा, "डायन ने मन्त्र पढ़कर बुड्ढे को लटका दिया है हुजूर!"

सिर्फ झूमरा बीबी ने कहा, "मैं डायन नहीं हूँ। बेटे ने बाप की बात नहीं रखी हुजूर, और इसीलिए बुड्ढे ने फाँसी लगा ली। पट्ठे बूधन ने कहा था कि इस बार जान बचा लो तो फिर कभी राहजनी नहीं करूँगा।"

अमिय बाबू ने धमकाते हुए कहा, "यह क्या अनाप-शनाप बक रही है!"

सिपाही काली मण्डल ने कहा, "ये ठीक ही कह रही है सर। गाँव के लोग भी कह रहे हैं कि बूधन किस्कू जिन्दा है।"

"बूधन किस्कू जिन्दा है?" विस्मित हुए बिना नहीं रह सके अमिय बाबू।

काली मण्डल बोला, "अगर ऐसा न होता तो इतनी राहजनी अब भी होती?

डायन कह रही थी कि कोई आदमी खबर देने के लिए थाने जा रहा था, उसी को तीन सौ दो कर दिया था बूधन ने, जबकि गाँव के चारों ओर पुलिस तैनात थी तब।''

''फिर?''

''फिर आधी रात को बाप के पास जाकर उसने कहा था कि इस बार जान बचाकर भागने दे, मैं डकैती छोड़कर खेती-किसानी करना शुरू कर दूँगा। अब सर, तुरुक हो या सन्थाली ही हो, बाप का दिल तो बाप का ही दिल होता है। उसने उस लाश को ही बूधन की बताकर मामला सुलटा लिया था।''

सुधीन बाबू ने अस्फुट ढंग से कहा, ''स्ट्रेंज!''

काली मण्डल बोला, ''जी हाँ, बुड्ढे ने सोचा कि हत्या के आरोप में उसे फाँसी होगी, और फाँसी होने पर तब बाप का कलेजा बेटे के सीने में चला आएगा। फिर डायन उसके बेटे से अपनी मर्जी के मुताबिक काम नहीं करवा सकेगी।''

अमिय बाबू ने गहरी साँस छोड़ते हुए कहा, ''अन्धविश्वास! इसी वजह से इन लोगों की तरक्की नहीं हो सकी!''

काली मण्डल ने गहरी साँस छोड़ी, ''ठीक कह रहे हैं सर! जेल से छूटकर मियाँ माझी जब गाँव पहुँचा, कहते हैं, वह गाँववालों को पहचान ही नहीं सका, वह पूरी तरह पगला गया था।''

''ऐसा?'' विस्मय से भर उठे सुधीन बाबू।

''हाँ, सर!'' काली मण्डल की आँखें भी मानो छलछला उठीं। वह बोला, ''सुना है कि बुड्ढा यहाँ-वहाँ भटकता फिरता और रट लगाता रहता कि फाँसी नहीं हुई, सारा हिसाब गलत हो गया।''

मानो फाँसी होती तो बुड्ढे को शान्ति मिलती!

और हो सकता है कि इसी वजह से उसने खुद ही फाँसी लगा ली!

लेकिन सोनाडीह के तुरुक लोग कहा करते कि 'नहीं हुजूर, डायन को बेटे का कलेजा मीठा लगा था तो इसीलिए उसने बाप का कलेजा भी खा लिया।'

इस घटना के बाद बहुत सारे दिन-महीने-साल बीत गये। इकरामपुर का थाना बरकाडीह स्थानान्तरित हो गया, जंगल-पुलिस के दफ्तर में नये लोग आ गये। सभी लोग झूमरा बीबी को भूल गये। भूल गये बूढ़े मियाँ माझी को, डकैत बूधन को। लेकिन सोनाडीह के तुरुक किसान उस घटना को नहीं भूले। अब भी जाड़े के दिनों में गाँव के सारे लोग मेला लगाते हैं—झूमरा बीबी का मेला। आदमी-औरत सभी उसमें दिन-रात नाचते-गाते हैं, दुकानदारों की जमात बैठती है—मिठाई, रंगीन काँच की जलचूड़ियाँ। और मुर्गों की लड़ाईवाले दिन तो भारी भीड़ उमड़ पड़ती। लोग तुकबन्दियाँ करते, झूमरा बीबी और मियाँ माझी को केन्द्रित करके गीत गाते। एल्ला बोंगा की पूजा करके वे एक मुर्गे का नाम रखते झूमरा और

दूसरे का मियाँ माझी और फिर दोनों के ही पैरों में छुरी बाँधकर उन्हें छोड़ देते।

जिस साल डायन मरती, गाँव के लोगों की खुशियाँ सँभाले न सँभालती और जिस बार 'मियाँ माझी' मुर्गे को चोट लगती, उस बार लगातार सात दिनों तक एल्ला बोंगा की पूजा चलती। गाँव के लोगों के चेहरे उतर जाते।

लेकिन वे मियाँ माझी के सन्तान-स्नेह को महसूस नहीं कर पाते। बेटे की जान बचाने के लिए, बेटे को अच्छा इनसान बनाने के लिए बाप खुद फाँसी लगा लेगा, उनके लिए यही तो आम दस्तूर है। इसे लेकर सोनाडीह के किसान क्यों विस्मित होंगे भला!

मैंने खुद भी वह मेला देखा है—झूमरा बीबी का मेला। देखी है सोनाडीह की मुर्ग-लड़ाई। अब आप इसे कहानी कहना चाहें, कहानी कहिए; इतिहास कहना चाहें, इतिहास कहिए।

भारतवर्ष

फौजी संकेत में नाम था बी.एफ.थ्री–थर्टी–टू। वहाँ असल में कोई स्टेशन नहीं था, न प्लेटफॉर्म, न टिकट–घर। एक दिन सिर्फ यह दिखाई दिया कि झिलमिलाते नये कँटीले तारों से रेललाइन के पास की जगह को घेर दिया गया है। बस, सिर्फ उतनी ही जगह को। दिनभर में एक भी अप–डाउन ट्रेन रुकती नहीं थी। रुकती थी तो केवल एक खास ट्रेन। वह अचानक सुबह आकर रुका करती थी। वह किस रोज, किस वक्त रुकेगी, इसकी खबर केवल हम लोगों को पहले से हो जाती थी—बिहारी खानसामे भगोतीलाल सहित हम पाँच लोगों को।

स्टेशन नहीं था, ट्रेन रुकती नहीं थी, फिर भी रेलवे के लोगों के मुँह पर एक नया नाम प्रचलित हो गया था। उनकी ही तरह हम भी कहने लगे थे—'अण्डा हॉल्ट'।

अण्डा हॉल्ट से सटे हुए दो पहाड़ी टीलों की तलहटी के नीचे महतो लोगों का एक गाँव था। गाँव–घरों में मुर्गियाँ चरा करती थीं। दूर, बहुत दूर भुरकुण्डा के शनीचरी हाट में महतो लोग उन मुर्गियों तथा उनके अण्डों को बेचने जाया करते थे। कभी अपने मनपसन्द मुर्गे को बगल में दबाये वे मुर्गों की लड़ाई के आयोजन में शामिल होते थे। लेकिन इस वजह से 'बी.एफ.थ्री–थर्टी–टू' का नाम 'अण्डा हॉल्ट' नहीं पड़ा था।

असल में महतो–गाँव के अण्डों को लेकर हममें किसी तरह का लालच नहीं था। हमारे ठेकेदार के साथ रेलवे का अनुबन्ध था। उसके पास एक ठेला–ट्रॉली भी थी। लाल झण्डी लहराती पटरी पर धड़धड़ाती आकर वह सामान वगैरह उतार जाती थी। उतार जाती थी ढेर सारे अण्डे। बिहारी खानसामा भगोतीलाल रात को उन्हें उबालकर रखता था। लेकिन इस वजह से भी उस जगह का नाम 'अण्डा हॉल्ट' नहीं पड़ा था। 'अण्डा हॉल्ट' इसलिए पड़ा था कि पूरी तरह उबले अण्डों के छिलके कँटीले तारों के उस पार जमते–जमते स्तूप का आकार ले चुके थे। अण्डों

के छिलके दिन-ब-दिन पहाड़ का आकार ले रहे थे, इसलिए।

फौजी संकेत के 'बी.एफ.थ्री-थर्टी-टू' के पहले दो अक्षरों के बारे में हम लोगों की धारणा थी कि वह कोई संकेत नहीं, बल्कि ब्रेक फास्ट शब्द का संक्षिप्त रूप है।

रामगढ़ में उस वक्त पी.ओ.डब्ल्यू. कैम्प था। इतालवी युद्धबन्दी लोग वहाँ पर संगीनों और कँटीले तारों से घेरकर रखे गये थे। उन्हीं लोगों को बीच-बीच में एक ट्रेन लादकर इस रास्ते से न जाने कहाँ ले जाती थी। क्यों और कहाँ, हममें से किसी को भी पता नहीं था। हमें सिर्फ यह खबर मिलती थी कि सुबह एक ट्रेन आकर रुकेगी। ठेकेदार की चिट्ठी पढ़कर एक दिन पहले अण्डों की टोकरियाँ दिखाकर हम लोग खानसामे भगोतीलाल को कहते—तीन सौ तीस ब्रेकफास्ट। भगोतीलाल गिन-गिनकर छह सौ साठ और तकरीबन पच्चीस अण्डे अलग से निकाल लेता कि यदि कुछ सड़े निकले तो उसकी क्षति-पूर्ति हो सके। फिर पानी में उबलते-उबलते जब वे कड़क होकर ठोस बन जाते तो तीन परोसनेवाले कुलियों के साथ मिलकर छिलके निकालता। कँटीले तारों के उस पार वे ही स्तूप का आकार ले रहे थे।

अलस्सुबह ट्रेन आकर रुकती, और तुरत-फुरत बोगियों में से ट्रेन के दोनों तरफ मिलिटरी के गार्ड उतर आते। संगीनवाली बन्दूक लिये हुए वे लोग युद्धबन्दियों की चौकीदारी करते। पट्टेदार कपड़ों में विदेशी कैदी लोग हाथों में बड़े-बड़े मग और एल्यूमीनियम की थालियाँ लिये हुए एक-एक कर बोगियों में से उतर आते।

दो बड़े-बड़े ड्रमों को उलटकर उन्हें टेबल बनाकर परोसनेवाले तीन कुली खड़े हो जाते और वे लोग लाइन लगाकर एक-एक कर आगे बढ़ते और ब्रेकफास्ट लेते। एक मग में कॉफी डालता, दूसरा ब्रेड के दो टुकड़े देता और तीसरा दो नग अण्डे बाँटता। बस, इसके बाद वे लोग ट्रेन में चढ़ जाते। कन्धे पर आई.ई. खाकी कमीज पहने गार्ड सीटी बजाता, झण्डी हिलाता और ट्रेन चली जाती।

महतो लोगों में से कोई वहाँ नहीं आता था, वे दूर ज्वार के बीज बोते-बोते सीधे खड़े होकर भोली आँखों से उन लोगों को देखा करते।

ट्रेन के जाने के बाद भगोतीलाल के जिम्मे टेण्ट रखकर हम लोग किसी-किसी रोज महतो लोगों के गाँव की ओर सब्जियों की तलाश में चले जाया करते थे। पहाड़ी ढलान की पथरीली जमीन में वे लोग सरसों उगाते, बैंगन और तुरई भी।

'अण्डा हॉल्ट' एक दिन रातोंरात हॉल्ट-स्टेशन में तबदील हो गया। रेल की पटरी के पास कँटीले तारों से घिरी जगह को मुरम डालकर प्लेटफॉर्म की तरह ऊँचा कर दिया गया और तब वहाँ केवल पी.ओ.डब्ल्यू. ही नहीं, बीच-बीच में मिलिटरी

स्पेशल भी आकर रुकती थी—गैवरडिन की पैण्ट पहने, पीछे की जेब में रुपयों का पर्स खोंसे हुए अमेरिकन सैनिकों की स्पेशल! मिलिटरी के जवान ट्रेन से उतरकर चहलकदमी किया करते, वे थोड़ा-बहुत मजाक भी करते, और सैनिकों के झुण्ड ठीक उसी तरह लाइन लगाकर मग और थालियाँ लिये हुए एक-एक करके ब्रेड लेते, फिर मग भरकर कॉफी। फिर वे लोग अपनी-अपनी बोगी में जा चढ़ते, खाकी कमीज पहना गार्ड सीटी बजाकर झण्डी हिलाता, मैं दौड़कर जाता और सप्लाई फॉर्म पर मेजर से 'ओ के' लिखवा लेता। ट्रेन चली जाती, लेकिन कहाँ, किस ओर—हममें से कोई भी नहीं जान पाता था।

उस दिन भी उसी तरह अमेरिकन सैनिकों की ट्रेन आकर रुकी थी। परोसनेवाले तीनों कुली अण्डे, ब्रेड और कॉफी सर्व कर रहे थे। भगोतीलाल नजर रखे हुए था कि कोई अण्डा सड़ा होने या स्लाइस-एण्ड होने के कारण ब्रेड का टुकड़ा फेंक रहा है या नहीं। ठीक उसी वक्त मेरी नजर कँटीले तारों के उस ओर चली गयी। तारों से थोड़ी दूरी पर महतो लोगों का अधनंगा एक बच्चा आँख बड़ी-बड़ी करके देख रहा था। उसकी कमर की डोरी में लोहे का टुकड़ा बँधा हुआ था। उस लड़के को मैंने एक दिन भैंस की पीठ पर चढ़कर जाते देखा था।

वह लड़का अवाक् होकर ट्रेन को देख रहा था। हो सकता है, वह लाल मुँह वाले अमेरिकी सैनिकों को देख रहा हो! उसे देखकर एक सैनिक अचानक 'हेई' कहता चीख उठा और तुरन्त ही लँगोटी पहना वह लड़का तेजी से महतो लोगों के गाँव की ओर भाग गया। कुछ अमेरिकी सैनिक 'हा-हा' कर हँस दिये।

मैंने सोचा था कि वह लड़का फिर कभी नहीं आएगा। महतो लोगों में से कोई वहाँ नहीं आता था। खेत में काम करते-करते वे लोग सीधे खड़े हो सिर्फ चकित आँखों से दूर से बस देखते रहते थे।

लेकिन फिर जिस रोज ट्रेन आयी, ट्रेन रुकी, उस रोज मैंने देखा कि वही बच्चा जिसके कमर की डोरी में लोहे का एक टुकड़ा बँधा हुआ था, कँटीले तारों के पास आ खड़ा हुआ। उसके साथ एक और लड़का था जो उससे उम्र में थोड़ा बड़ा था। उसके गले में लाल धागे में झूलता जस्ते का ताबीज था। मैं भुरकुण्डा के हाट गया था, वहाँ इन ताबीजों को जमीन पर ढेर लगाकर बेचा जाता था—ढेर सारा सिन्दूर, ताबीज—ताम्बे, पीतल और जस्ते के बने, बाँस में रंगीन सुतलियाँ झूलती रहतीं, मोतियों की माला। मैंने घुटनों तक धूल से सने एक फेरीवाले को देखा, जिसके कन्धे पर असंख्य मोतियों की मालाएँ रहतीं और वह दूर से पैदल-पैदल महतो लोगों के गाँव की ओर जाता रहता।

दोनों लड़के चकित आँखों से कँटीले तारों के उस पार खड़े हो अमेरिकी सैनिकों को देख रहे थे। पहले दिनवाले बच्चे की आँख में थोड़ा डर-सा था। उसके

घुटने तत्पर थे कि यदि कोई आँखों से भी जरा-सा धमक दे तो वह तुरन्त ही हिरण हो जाए।

मैं हाथ में फॉर्म लिये हुए इधर-उधर आ-जा रहा था, मौका मिलते ही मुस्कुराकर मेजर का सत्कार कर रहा था। एक सैनिक अपनी बोगी के गेट के सामने खड़े होकर कॉफी की चुस्की लगाते-लगाते उन दोनों लड़कों को देखकर पास के जी.आई. से बोला, "भयंकर...!"

मुझे इतने दिनों तक ऐसा महसूस नहीं हुआ था। वे लोग तो बड़े मजे से खेत-खलिहानों में काम करते हैं, गुलेल या फिर तीर-धनुष से खाटाश[1] का शिकार करते, नटों के गीत सुनते, हड़िया[2] पीते, कभी-कभी धनुष की प्रत्यंचा की तरह सीधे हो आक्रमण की मुद्रा में खड़े रहते—लँगोटी पहने दुबले-पतले शरीर, काले, रूखे। लेकिन आज पट्ठे जी.आई. द्वारा कहा गया 'भयंकर' शब्द मुझे कोंच रहा था। उन दोनों लड़कों पर मुझे बहुत गुस्सा आया।

सैनिकों में से कोई एक ऊँची आवाज में गीत की एक पंक्ति गा रहा था, दो-एक लोग हो-हो करके हँस रहे थे। एक ने तुरत-फुरत कॉफी की चुस्की लेते हुए सर्वर कुली को आँख मारकर फिर से मग को भर देने के लिए कहा। गार्ड यह देखने के लिए आगे बढ़ आया कि और कितनी देर है। गार्ड पंजाबी था लेकिन बहुत सलीके के साथ चन्द्रबिन्दु का प्रयोग करते हुए मेजर के साथ बात करने लगा। इसके बाद सीटी बजी, झण्डी हिली, सब लोग जल्दी से ट्रेन में चढ़ गये—बाँह पर चौड़े लाल फीते बाँधे हुए मिलिटरी के जवान भी।

ट्रेन के जाते ही फिर वही खालीपन पसर गया—धू-धू करती रेत के बीच में कैक्टस के पेड़ की तरह रह गया सिर्फ वह कँटीले तारों का घेरा।

कुछ दिनों बाद ही फिर एक ट्रेन आयी। इस बार पी.ओ.डब्ल्यू. ट्रेन थी, इतालवी युद्धबन्दी लोग रामगढ़ से कहीं और ले जाए जा रहे थे। कहाँ, हम लोगों को मालूम नहीं था। हम जानना भी नहीं चाहते थे।

वे दूसरी तरह के पट्टेदार कपड़े पहने हुए थे। उनके चेहरों पर मुस्कुराहट नहीं थी। रायफल ऊँची किये हुए पूरे समय उनकी उस ट्रेन की निगरानी की जाती थी। हम लोगों को भी थोड़ा-थोड़ा डर लगा करता था। मैंने भुरकुण्डा में सुना था कि एक ने धोती-कुर्ता पहनकर भागने की कोशिश की थी, नहीं भाग सका। बंगाली होने की वजह से मुझे ज्यादा डर लगा करता था।

ट्रेन के चले जाने के बाद मैंने देखा कि कँटीले तारों के उस पार केवल वह

---

1. एक प्रकार की जंगली बिल्ली 2. एक प्रकार की देशी शराब

बच्चा ही नहीं, तंग कपड़े पहनी एक पन्द्रह साला लड़की भी वहाँ खड़ी थी और खेत का काम छोड़कर दो आदमी भी वहाँ आ खड़े हुए थे। ट्रेन के चले जाने के बाद उन लोगों ने पता नहीं आपस में क्या बातचीत की, वे हँसे और कल-कल करते झरने के पानी की तरह महतो लोगों के गाँव की ओर चले गये।

एक-दो-पाँच...मैंने उस दिन देखा कि महतो गाँव के तकरीबन दसेक लोग ट्रेन को आते देख मैदान से दौड़ते हुए आ रहे हैं। ट्रेन की खिड़कियों में खाकी रंग देखते ही शायद वे लोग समझ जाते थे। दिन में दो पैसेंजर गाड़ियाँ मेल ट्रेन की तरह दनदनाती निकल जाती थीं और दो-एक मालगाड़ियाँ विलम्बित गति से। लेकिन तब तो उनके न रुकने की बात सोचकर महतो गाँव के लोग झुण्ड बनाकर नहीं आते थे।

मैंने एक दिन महतो गाँव के बूढ़े से कहा था कि वह अपने लोगों में से किसी को हमारे 'अण्डा हॉल्ट' के तम्बू में जाकर सब्जियाँ, झींगा, पूँठी और मौरला मछलियाँ बेच आने को कहे।

बूढ़े ने हँसकर कहा था, "खेती का काम छोड़कर नहीं जाएँगे।"

इसीलिए मैंने अवाक् होकर काले-काले, लँगोटी पहने आदमियों और तंग साड़ियाँ पहनी लड़कियों को देखा। केवल महतो बुड्ढे के पैरों में जूते थे—गाँव के मोची द्वारा बनाये गये जूते। वे लोग लाइन लगाकर कँटीले तारों के उस पार आ खड़े हुए।

ट्रेन इतनी देर में आ गयी थी। अमेरिकी सैनिक लाइन लगाकर मग और थालियाँ हाथ में लिये हुए चले जा रहे थे। बी-एफ-थ्री-थर्टी-टू में तब दो सौ अठारह ब्रेकफास्ट तैयार थे। बी-एफ-थ्री-थर्टी-टू यानी अण्डा हॉल्ट।

अब थोड़ी-थोड़ी ठण्ड पड़ने लगी थी। दूर के पहाड़ पर कुहासे का मफलर लिपटा हुआ था। पेड़-पौधे ओस-धुले सफेद थे। एक सैनिक ने यां की आवाज निकालकर प्रसन्नता जाहिर की और एक सैनिक बोगी के सामने खड़े हो कँटीले तारों के उस पार की रिक्तता की ओर एकटक देख रहा था। अचानक उसने कॉफी का मग ट्रेन के पायदान पर रखकर पैण्ट की पिछली जेब में हाथ डाला। पर्स से एक अठन्नी निकालकर उसने महतो लोगों की ओर उछाल दी।

उन्होंने अवाक् होकर उस सैनिक की ओर देखा, फिर कँटीले तारों के भीतर मुरम पर पड़ी चमचमाती उस अठन्नी की ओर और फिर, वे परस्पर एक-दूसरे को अवाक् होकर जो देखने लगे तो बस देखते ही रहे। ट्रेन के चले जाने के बाद उनको चुपचाप चले जाते देख मैंने कहा, "साहब ने बख्शीश दी है—बख्शीश, उठा लो।"

उन लोगों ने एक-दूसरे के चेहरों की ओर देखा लेकिन कोई भी आगे नहीं

आया। मैंने अठन्नी उठाकर महतो बूढ़े के हाथ में रख दी। वह बुद्धुओं की तरह मेरी ओर देखता रहा, फिर वे सभी चुपचाप चले गये। किसी ने कुछ नहीं कहा।

मुझे इस ठेकेदार की नौकरी बिलकुल अच्छी नहीं लगती थी। वहाँ इनसान नहीं रहते, एक भी पैसेंजर ट्रेन नहीं रुकती, टेण्ट में भगोतीलाल और तीन कुली...पूरी तरह निर्जन जगह—रूखी धरती, दोपहर का आसमान रूखा, मेरा मन भी...।

महतो गाँव के लोग भी पास नहीं आते थे। बीच-बीच में मैं जाकर सब्जियाँ या फिर छोटी मछलियाँ खरीद लाता था। वे बेचने नहीं आते थे, लेकिन भुरकुण्डा के हाट तीन कोस पैदल चलकर जाते थे।

पिछले कुछ दिनों से किसी ट्रेन की खबर नहीं थी। सब ओर बस खामोशी थी।

अचानक एक दिन उसी लड़के ने, जिसकी कमर की डोर में लोहे का एक टुकड़ा बँधा हुआ था, आकर मुझसे पूछा, "टिरेन नहीं आएगी बाबू?"

मैंने हँसते हुए कहा था, "आएगी, आएगी।"

अब बच्चे का क्या दोष! छोटे-छोटे पहाड़, रूखी जमीन, देहातियों को एक बस देखनी हो तो भी कत्थे के पेड़ों के झुण्ड में से होकर दो कोस जाना पड़ता है। सुबह की पैसेंजर ट्रेन अपनी गति बिलकुल कम किये बिना दनदनाती गुजर जाती थी, शाम की डाउन ट्रेन भी रुकती नहीं थी, फिर भी कुछ पल के लिए खिड़कियों से धुँधले दिखते चेहरों को देखने के लिए हम लोग टेण्ट से बाहर की ओर दौड़ पड़ते थे। इनसानों को देखे बगैर हम लोग बेचैन हो जाया करते थे।

इसीलिए अमेरिकी सैनिकों की स्पेशल ट्रेन की खबर सुनते ही हम लोग जितनी व्यस्तता महसूस करते थे, उतनी ही हमें राहत भी मिला करती थी।

कुछ दिनों बाद ही पहले खबर आयी और फिर अगले दिन मिलिटरी स्पेशल। तमाम जी.आई. लोग उतरे, लाइन लगाकर सबने अण्डे, ब्रेड और मग भरकर कॉफी ली। मैंने अचानक देखा कि कँटीले तार के उस पार महतो गाँव के लोगों की भीड़ जमा हो गयी है। बीस होंगे या तीस भी हो सकते हैं। घुटनों के बराबर कदवाले बच्चों को साथ लिये हुए न जाने कितने! तंग साड़ियाँ पहनी लड़कियाँ भी बुद्धुओं-जैसी आँखों से देख रही थीं। उन्हें देखकर मुझे जाने कैसा डर-सा लगा। भगोतीलाल या फिर परोसनेवाले तीनों कुली जब महतो गाँव की ओर देखते तो मुझे बहुत डर लगता था।

वहाँ प्लेटफॉर्म तो था नहीं, चढ़ने-उतरने के लिए लाइन के पासवाली जगह को मुरम डालकर ऊँचा कर दिया गया था। अमेरिकी सैनिक कॉफी के मग से चुस्कियाँ लेते हुए चहलकदमी कर रहे थे। दो-एक लोग एकटक नजरों से महतो

गाँव के काले-काले लोगों को देख रहे थे। अचानक एक सैनिक भगोतीलाल के पास गया और उसने पैण्ट के पीछे की जेब से पर्स निकाला। पर्स में से दो रुपये का नोट निकालकर पूछा, ''खुल्ले हैं?''

कोई भी सैनिक खुल्ले पैसे रखना नहीं चाहता था, वे लोग खुल्ले पैसे न लेकर दुकानदार या फेरीवाले या फिर टैक्सी ड्राइवरों से कहते कि ठीक है...ठीक है...। मैंने राँची में ऐसा कई बार देखा था।

इकन्नी, दुअन्नी और चवन्नियाँ मिलाकर भगोतीलाल खुल्लों का इन्तजाम कर रहा था। अचानक मैंने देखा कि कँटीले तारों के उस पार भीड़ के बीच में से वही लड़का, जिसकी कमर की डोरी में लोहे का एक टुकड़ा बँधा हुआ था, हँसते-हँसते हाथ बढ़ाकर कुछ माँग रहा था, और तुरन्त ही भगोतीलाल से खुल्ले इकन्नी-दुअन्नियाँ मुट्ठी में भरकर उस अमेरिकी सैनिक ने महतो लोगों की ओर उछाल दी।

उस वक्त तक मैं सप्लाई फॉर्म ओ.के. करवा चुका था, गार्ड ने सीटी बजा दी थी। जैसे ही ट्रेन चलनी शुरू हुई, मैंने महतो लोगों की ओर देखा। वे लोग तब चुपचाप खड़े थे। वे एकटक देख रहे थे। फिर अचानक कँटीले तारों के बीच से लाल मुरम पर पड़े पैसों पर वह लड़का झपट पड़ा, जिसके कमर की डोर में लोहे का एक टुकड़ा बँधा हुआ था और वह लड़का भी, जिसके गले में सुतली से बँधा जस्ते का ताबीज था। ठीक उसी वक्त जूता पहना हुआ बूढ़ा महतो धमक उठा— ''खबरदार!'' वह इतने जोर से चीखा कि मैं भी चौंक उठा। लेकिन उन दोनों बच्चों ने उसकी धमक पर ध्यान ही नहीं दिया। जो जितना बीन सका, उन दोनों ने आने-दो आने बीन लिये। उनके चेहरे छीले हुए कच्चे भुट्टे की मानिन्द हँस रहे थे। स्त्री-पुरुषों की भीड़ भी हँस रही थी।

जूता पहना महतो बूढ़ा गुस्से में उनकी भाषा में न जाने क्या कह रहा था। स्त्री-पुरुषों की भीड़ हँस रही थी। वह गुस्से से बड़बड़ाता हुआ अकेले ही गाँव की तरफ चला गया। महतो गाँव के लोग भी आपस में बातचीत करते, खिलखिलाते हुए गाँव की ओर चल दिये।

उनके जाते ही 'अण्डा हॉल्ट' एक बार फिर निर्जन, निस्तब्ध और शून्यता से भर उठा। किसी-किसी वक्त मेरा मन बहुत ही खराब हो उठता था। दूर पहाड़ थे। महुए के वन, कत्थे के घने पेड़ों को पार कर एक छोटा-सा झरना था, जिसमें से रिस-रिसकर पानी बहा करता था और थे महतो गाँव के हरियाले खेत। उन्हें देखकर आँखों को ठण्डक मिलती थी। उनके बीच थे लँगोटी पहने हुए काले-काले लोग।

इधर अकसर अमेरिकी सैनिकों की ट्रेन आती थी, रुकती थी, अण्डे-ब्रेड

खाकर और मग-भर कॉफी पीकर चली जाती। महतो गाँव के लोग भीड़ लगाकर आते, कँटीले तारों के घेरे के उस पार लाइन लगाकर खड़े रहते।

'साब, बख्शीश! साब, बख्शीश!'

एकसाथ बहुत सारे देहाती कण्ठ चीत्कार कर उठे।

मेजर के पास फॉर्म ओ.के कराने जा ही रहा था कि चौंककर मैंने मुड़कर देखा। मैंने देखा कि केवल वे दो छोटे बच्चे ही नहीं, कुछेक जवान आदमियों ने भी हाथ पसार रखे थे और तंग साड़ी पहनी हुई एक सुडौल बदनवाली लड़की ने भी। एक दिन सब्जी खरीदने गया था तो वही लड़की हँस-हँसकर पूछ रही थी कि टिरेन कब आएगी।

एक-एक दिन वे लोग झुण्ड बनाकर आते और बेवजह वहाँ खड़े रहते और इन्तजार करके चले जाते थे।

कन्धे पर पट्टियोंवाले तीन-चार अमेरिकियों ने तब तक पैण्ट के पीछे की जेब से मुट्ठी भर आने-दो आने निकाल उनकी ओर फेंक दिये थे। उन लोगों ने ट्रेन के चलने का इन्तजार नहीं किया, वे लोग धक्का-मुक्की करते हुए उनकी उन पैसों पर कूद पड़े। कँटीले तारों के बीच से घुसने की हड़बड़ी में उनमें से किसी-किसी के हाथ-पैर छिल गये, तो किसी-किसी की लँगोटी का कपड़ा फँस गया।

ट्रेन के चले जाने के बाद मैंने उनकी ओर ध्यान से देखा। मुझे लगा कि आधे से ज्यादा महतो गाँव वहाँ इकट्ठा था। सभी के चेहरों पर स्फूर्ति-भरी मुस्कुराहट थी। सभी को कुछ-न-कुछ हासिल हुआ था। लेकिन लाख कोशिशों के बावजूद मुझे जूता पहना हुआ वह महतो बूढ़ा नजर नहीं आया। महतो बूढ़ा नहीं आया था। मुझे यह सोचते हुए अच्छा लगा कि वह अकेले ही खेत में खड़ा जमीन जोत रहा है।

हम लोगों के दिन—कुक भगोतीलाल सहित हम पाँच लोगों के दिन—'अण्डा हॉल्ट' के टेण्ट में किसी तरह कट रहे थे। बीच-बीच में एक-आध रोज सैनिकों को ले जानेवाली ट्रेन आती थी, रुकती थी, चली जाती थी। महतो गाँव के लोग भीड़ जमाकर कँटीले तारों के पास लाइन लगाकर खड़े रहते, हाथ पसारकर 'साब, बख्शीश', 'साब, बख्शीश' चिल्लाते।

अचानक एक-आध रोज महतो बूढ़ा दिखाई दे जाता था। किसी दिन वह खेत का काम छोड़ हाथ की धूल साफ करता तेज कदमों से वहाँ आ जाता और गुस्से में सभी लोगों को धमका देता। लोग उसकी बात नहीं मानते और इसीलिए कभी-कभी वह असहाय प्रतिवाद भरी नजर से गाँव के लोगों की ओर देखता रहता। लेकिन उसकी ओर कोई मुड़कर भी नहीं देखता था। सैनिक लोग पैण्ट की पीछेवाली जेब पर हाथ रखकर हा-हा करते हँसते हुए मुट्ठी भरकर पैसे उनकी

ओर उछाल दिया करते थे। महतो गाँव के लोग उन पैसों पर झपट पड़ते और आपसी छीना-झपटी में वे एक-दूसरे से लड़ पड़ते थे। यह देख सैनिक लोग हा-हा कर हँसा करते।

आखिर में मैंने महसूस किया कि जूता पहना हुआ महतो बूढ़ा पिछले कई दिनों से नहीं आ रहा था। महतो बूढ़ा उन लोगों को देखकर गुस्सा हो जाता था। वह वहाँ आता नहीं था इसलिए मुझे उस पर एक तरह का गर्व-सा महसूस होता था। कारण कि किसी-किसी वक्त उन लोगों के व्यवहार से हम लोग यानी मैं और भगोतीलाल बहुत ज्यादा परेशानी महसूस करते थे। भीतर-ही-भीतर हमें शर्म आती थी। उनके काले-कलूटे शरीर पर दीन-दरिद्र वेशभूषा देख सैनिक लोग जरूर उन्हें भिखारी समझा करते थे। ऐसा समझा करते थे इसीलिए मुझे बहुत बुरा लगता था।

उस दिन कँटीले तार के उस पार से वे लोग 'बख्शीश, बख्शीश' चिल्ला रहे थे, कन्धे पर आई.ई. खाकी कमीज पहने गार्ड जानकीनाथ के साथ मैं बातचीत कर रहा था। हम लोगों के पास से एक गुजर रहा अफसर चिल्लाहट सुनकर थूक निगलने-जैसी आवाज में बोला, ''ब्लडी बेगर्स।''

मैंने और जानकीनाथ ने एक-दूसरे का चेहरा देखा। हम लोगों का चेहरा अपमान की वजह से स्याह पड़ गया। हम लोग सिर नहीं उठा सके, सिर्फ एक बेबस गुस्से से भीतर-ही-भीतर सुलग उठे।

ब्लडी बेगर्स, ब्लडी बेगर्स!

सारा गुस्सा महतो लोगों पर जा उतरा। ट्रेन के जाते ही मैं भगोतीलाल को साथ लेकर उन लोगों को खदेड़ने लगा। वे लोग बीने हुए पैसों को गाँठ में बाँधकर हँसते-हँसते भाग गये।

फिर भी उन लोगों के लिए सारी शर्म मैंने एक स्वाभिमान के भीतर छुपा रखी थी। पहाड़ की मानिन्द ऊँचा होकर वह स्वाभिमान मेरी आँखों के सामने महतो बूढ़े का चेहरा लिये खड़ा रहा करता था। लेकिन उस रोज मेरे सीने में हो रही सारी जलन ठण्डी पड़ गयी।

भुरकुण्डा में ठेकेदार के साथ मुलाकात करने के समय मुझे खबर मिली थी।

परोसनेवाले दो कुली तब टेबल बना दिये गये दोनों ड्रमों को पैरों से ठेलते-ठेलते अण्डा हॉल्ट के कँटीले तारों के उस पार धकेल रहे थे। एक व्यक्ति टेण्ट की रस्सियाँ खोल रहा था। भगोतीलाल ने ड्रम पर एक जोरदार लात जमाते हुए कहा, ''खेल खतम, खेल खतम।''

अचानक हो-हल्ला सुन चौंककर पीछे मुड़कर मैंने देखा कि महतो गाँव के लोग भागते-भागते आ रहे हैं।

हम लोग अवाक् हो उन लोगों की ओर देखने लगे। भगोतीलाल पता नहीं

क्यों मुस्कुरा दिया।

इतनी देर में वे लोग कँटीले तारों के उस पार भीड़ जमा चुके थे।

साथ-ही-साथ एक सीटी की आवाज सुनाई दी, कानों में ट्रेन की आवाज आयी।

मैंने मुड़कर देखा कि ट्रेन मुड़ती हुई अण्डा हॉल्ट की ओर ही आ रही थी, हर खिड़की में खाकी पोशाकें नजर आ रही थीं।

हम लोग परेशान और अवाक् हो उठे, तो क्या फिर भुरकुण्डा के ऑफिसवाले खबर करना भूल गये? या कि जो खबर मैं सुनकर आया हूँ, वह ही गलत है?

ट्रेन जितनी आगे बढ़ती जाती थी, उतनी ही एक गहरी आवाज उभरने लगती थी। आवाज नहीं, गीत। थोड़ा पास आते ही पता चला कि पूरी ट्रेन में सवार सैनिकों के दल एक-दूसरे के साथ आवाज मिलाकर खुले गले से गीत गा रहे थे।

भरमाये हुए आदमी की तरह मैंने एक बार ट्रेन की ओर देखा और एक बार कँटीले तारों के उस पार वाली भीड़ की ओर। और ठीक उसी वक्त मेरी नजर उसी महतो बूढ़े पर पड़ी। भीड़ का हिस्सा बन महतो बूढ़ा भी हाथ पसारकर चीख रहा था—साब, बख्शीश! साब, बख्शीश!

वे लोग पागलों की तरह, भिखारियों की तरह चीख रहे थे—साथ में वह महतो बूढ़ा भी। लेकिन अमेरिकी सैनिकों की वह ट्रेन और दिनों की तरह इस बार अण्डा हॉल्ट पर आकर रुकी नहीं। पैसेंजर ट्रेनों की तरह ही वह भी अण्डा हॉल्ट की उपेक्षा कर दनदनाती चली गयी।

हम लोग जानते थे कि ट्रेन अब नहीं रुका करेगी।

ट्रेन चली गयी। लेकिन महतो गाँव के सारे लोग भिखारी बन गये। खेती-किसानी करनेवाले सारे लोग—सब भिखारी बन गये।

नकलनवीस

वर्द्धमान-कटोआ वाली छोटी लाइन के बीच में एक साधारण-सा स्टेशन है—बल्गना। वहाँ से काँदर के आगे गोविन्दपुर-बेनुगंज के दक्षिण में जो ऊर्ध्ववास पोखर है, उसके पश्चिम में नकलनवीस की कब्र है। दो साल पहले भी वह ऊँचा-सा टीला कब्र-जैसा लगता था। हो सकता है, दो साल बाद लोग उसे खेत की मेंड़ कहने की भूल करें।

कासिम अली को मैंने भी देखा था। लेकिन उससे ज्यादा मैंने उनके बारे में सुन रखा था।

साठ साल के बूढ़े। एक आँख से काने। फिर भी दोनों आँखों पर मोटे काँच का चश्मा लगाते थे कासिम अली। फ्रेम काले धागे की मदद से कान पर अटकी रहती थी। मैली-कुचैली-सी लुंगी पहनते, बदन पर एक मैली-सी बण्डी; हाथ की लाठी के ऊपरी सिरे पर पीतल की एक दवात लटकती रहती, जिसका मुँह सोले[1] के टुकड़े से बन्द किया हुआ होता। दोनों कान के ऊपर खाग[2] की दो कलमें और लाठी के ऊपरी सिरे पर दवात को झूलते देख दूर से भी लोग समझ जाते कि कासिम अली आ रहे हैं।

मैं तब वकील के यहाँ बैठा था। सामनेवाले आँगन में उस वक्त धान की झड़ाई का काम हो रहा था।

कासिम अली धीरे-धीरे चलकर सामने आ खड़े हुए।

''सलाम छोटे बाबू।''

मैंने भी अभिवादन करके पूछा, ''क्या चाहिए?''

कासिम अली हँसे। ''आपने मुझे नहीं पहचाना हुजूर? मैं हूँ नकलनवीस कासिम अली।''

---

1. स्पंज वुड
2. एक प्रकार की घास, जिसका उपयोग कलम के रूप में किया जाता है।

"ओ..." कहकर मैं अपने काम में व्यस्त हो गया।

मैं बहुत दिनों के बाद बाहर से लौटा था। सोचा था कि जमीन-जायदाद का कोई पुख्ता इन्तजाम करके ही लौट जाऊँगा और इसी वजह से बातचीत करने के लिए समय कहाँ था!

कासिम अली कुछ बेचैनी के साथ बोले, "कुछ काम नहीं देंगे छोटे बाबू? रिकॉर्ड, दलील-नक्शे, पोथी-परचों की नकल नहीं करवाएँगे हुजूर?"

मैंने सिर हिलाकर कहा, 'नहीं।' फिर बोला, "लेकिन अब भी नकल कर पाते हो मियाँ साहेब? आँखों से दिखाई देता है?"

हड्डियों के ढाँचे कासिम अली के दाँतविहीन दोनों मसूड़े खिलखिला दिये, "करवा के देखिए न छोटे बाबू—बड़े कलम से कहें तो बड़े कलम से और छोटे कलम से कहें तो छोटे कलम से।"

'बड़े कलम से' का मतलब हुआ कि पोथी-पतरे में जिस तरह लिखा हुआ है, उस हस्तलिपि की हूबहू नकल और 'छोटे कलम' का मतलब—जो काम देता है, उसकी हस्तलिपि की नकल, और यह बात झूठ नहीं है, यह मैं बचपन से सुनता रहा हूँ।

कासिम पहले नकल का काम नहीं किया करते थे। वे बचपन में गीत लिखते थे, वे आशु-कविता कर लेते थे। कवियों की महफिल में अगर लोग सुनते कि कासिम अली आ गये हैं तो डर के मारे सभी पीछे हट जाते थे। दूर-दूर के गाँवों से आकर जात्रा-पार्टियाँ उनसे गीत लिखवाया करती थीं—पाँचाली[1], सतनाम और भी बहुत कुछ। हिन्दू देवी-देवताओं के नाम-कीर्तन की पोथी लिख देते थे कासिम।

लेकिन उनकी यह सहजता ही उनका काल बना।

मुसलमान बोले, "कासिम अली काफिर हो गया है। वह राधा-कृष्ण, लक्ष्मी-नारायण, सावित्री-सत्यवान की पोथियाँ लिखता है।"

लैला-मजनू, शीरी-फरहाद की प्रेमगाथाएँ भी उन्होंने लिखी हैं, पीर-दरगाहों के गीत, 'अल्लाह का फजल मुसलमान'—यह सब भी तो उन्हीं की कलम से निकला है। इन सब पर किसी ने ध्यान दिया कि नहीं, कासिम ने कभी परवाह नहीं की। तब वे जवान थे। उनकी आँखों में रंग और मन में सपने थे।

पीर की दरगाह के सामने आम का एक बगीचा था। उसी बगीचे में शाम को बैठे-बैठे कासिम इकतारा बजाकर गीत गाया करते थे और उनके गीतों को सुनने के लिए गाँव की मुसलमान लड़कियों की भीड़ वहाँ जमा होती थी। उन्हीं में

1. बांग्ला गीति-काव्य या गीत-विशेष

मौलवी साहब की बेटी हमीदाबानू भी थी। हमीदाबानू जिस दिन न आती, उनका गाना जमता ही नहीं था।

आखिरकार एक दिन कासिम ने मौलवी साहब से कह ही दिया कि वे हमीदाबानू से शादी करना चाहते हैं।

मौलवी साहब राजी हो गये, लेकिन उन्होंने शर्त रखी कि उन्हें यह लिखकर देना होगा कि वे जिन्दगीभर हिन्दुओं के देवी-देवताओं के गीत नहीं लिखेंगे, उनके गीत गाएँगे नहीं। कासिम उस समय हमीदाबानू के प्रेम में दीवाने थे। उन्होंने शर्तनामा लिख दिया।

लेकिन शपथ लेना आसान है, पेट पालना कठिन। चारों ओर हिन्दुओं के गाँव थे, 'अल्लाह का फजल मुसलमान' लिखने पर तो कोई पैसे देगा नहीं।

मजबूरन गीत लिखने का काम छोड़ कासिम ने नकलनवीस का काम शुरू कर दिया। उन्होंने शर्तनामा लिख दिया था कि वे हिन्दुओं के गीत नहीं लिखेंगे, उन्हें गाएँगे नहीं। लेकिन उनकी नकल नहीं करेंगे, ऐसी शपथ तो उन्होंने ली नहीं थी।

इस तरह कासिम अली ने रिकॉर्ड, दलील-नक्शे, पोथी-पतरी वगैरह की नकल तैयार करने का काम शुरू कर दिया। नकल करते-करते नकलनवीस के रूप में उनका नाम चारों ओर फैल गया। बड़ी कलम और छोटी कलम, जो जैसा आदेश देता—कोई पोथी की लिखावट की हूबहू नकल माँगता, तो कोई आदेश देता कि नकल ऐसी होनी चाहिए कि लगे, मेरी ही लिखावट है।

दोनों कान के ऊपर खाग की कलमें और लाठी के ऊपरी सिरे पर धागे से पीतल की दवात लटकाये गाँव-गाँव घूमा करते कासिम अली। किसके घर में कौन-सी पोथी है, तलाश कर उसकी नकल कर लाते। पोथी को कोई बक्से वगैरह में बन्द करके तो रखता नहीं, क्योंकि पोथी तो स्वयं भगवान की वाणी है। किसी को कभी कहीं सपने में मिली पोथी में लिखा क्या है, यह पढ़कर भी नहीं देखा था किसी ने। लोगों ने उसे पूजाघर में चाँदी के सिंहासन पर सजाकर रखा था, उस पर सिन्दूर पोता था, चन्दन का टीका लगाया था, और पोथी को देवता समझ उसकी पूजा की थी।

इसलिए वे उस पोथी को क्यों छूने देंगे भला!

बहुत मिन्नतों के बाद किसी-किसी ने दया करके दो गज दूर से उसका एक-एक पन्ना स्वयं पलटकर उन्हें दिखाया था और उसे इसी तरह देखकर कासिम अली ने नकल की थी, और इस तरह पोथियों की नकल करते-करते उन्हें इसका नशा-सा चढ़ गया था। किसी का आदेश हो या न हो, गाँव-गाँव घूमकर हरेक पोथी की नकल किये बिना मानो उन्हें सुकून ही नहीं मिलता था।

इसी तरह बरस-दर-बरस बीत गये।

हिन्दुओं का हिन्दुत्व देखकर बीच-बीच में कासिम को हँसी आ जाती। अनेक मिन्नतों के बाद जब किसी ने दो गज दूर से पोथी खोलकर दिखायी या फिर पढ़कर सुनायी, तब हठात् कभी-कभी चीख उठते थे कासिम कि 'ये पोथी तो मैंने ही लिखी है, मालिक, आप इसे मुझे ही छूने नहीं देंगे?'

सचमुच ऐसा ही था। कासिम ने बचपन में पयार छन्द[1] में जो सब पोथियाँ लिखी थीं, एक हाथ से दूसरे हाथ में होती हुई, अपने सर्वांग में सिन्दूर लगाकर वे देवी-देवता तुल्य हो गयीं। कासिम मन-ही-मन हँसे थे कि उनकी लिखी पोथियों की पूजा करने में लोगों को कोई आपत्ति नहीं है, सिर्फ उनके छूने से वे अपवित्र हो जाएँगी। मनुष्य का मन भी कमाल का है और इसीलिए बीच-बीच में गुस्से के मारे कासिम का पूरा शरीर काँपने लगता था।

प्रतिशोध की आग भड़क उठती।

वे हमीदा से कहते, "पैदा मैंने किया, लेकिन औलाद मेरी नहीं। जिसने गोद लिया, मालिक वही। इस धरती के धरम देखकर ताज्जुब होता है।"

हमीदा बोली, "तुम एक बार फिर से गीत लिखना शुरू कर दो, हिन्दुओं के गीत ही लिखो फिर से। पेट भी भरेगा और उन्हें तुम्हारे गीतों की इज्जत का भी पता चलेगा।"

कासिम ने कहा, "तौबा, तौबा, मैंने शर्तनामा लिखा है, भूल गयीं?"

हमीदा हँसकर बोली, "वह शर्तनामा तो तुमने मेरे लिए लिखा था न, तो अब मैं ही कह रही हूँ कि तुम हिन्दुओं के गीत लिखो।"

लेकिन वादाखिलाफी के लिए राजी नहीं हुए कासिम।

कासिम अली की कहानी सभी जानते थे। ये सब बातें मैंने बहुत बार सुनी थीं। सभी कहते—कासिम अली मर भी जाए तो भी उसके घर में प्राचीन पोथियों की बहुत सारी नकलें मिल जाएँगी।

लेकिन अब भी उनमें पोथी का नशा बाकी था।

जब साठ साल के बूढ़े, एक आँख से काने कासिम अली मेरे सामने आ खड़े हुए तो पहले-पहल मैं उन्हें पहचान ही नहीं पाया।

उन्होंने एक मैली-कुचैली-सी लुंगी पहन रखी थी और ऊपरी बदन पर बण्डी। हाथ की लाठी के ऊपरी सिरे पर धागे से पीतल की एक दवात बँधी हुई

---

1. चतुर्दशाक्षर छन्द, बांग्ला पद्य में इसका सबसे ज्यादा उपयोग किया जाता है।

थी, जिसका मुँह उन्होंने सोले के एक टुकड़े से बन्द कर रखा था। आँखों के ऊपर मोटे काँच के चश्मे के भीतर से सिर्फ एक मटमैली-सी आँख दिखाई देती थी।

काम माँगने पर जब मैंने उन्हें मना कर दिया, तो कासिम अली, जैसे धीरे-धीरे चलकर आये थे, वैसे ही धीरे-धीरे लौट गये।

फिर मैं उन्हें एक तरह से भूल ही गया था।

कई वर्षों के बाद मेरी नियुक्ति एशियाटिक सोसाइटी के दफ्तर में हो गयी। वहाँ मुझे एक विख्यात अध्यापक के सहकर्मी के रूप में जहाँ जो भी प्राचीन पोथियाँ हैं, उनकी खोजबीन का काम दिया गया।

मुझे सबसे पहले कासिम अली की याद आयी।

वर्द्धमान-कटोआ छोटी लाइन की ट्रेन से मैं एक दिन वहाँ जा पहुँचा।

"क्या बात है, इतने दिनों बाद?" सबको बड़ा ताज्जुब हुआ।

काम के चक्कर में आना पड़ा, यह बात तो पूरी तरह खोलकर नहीं कही जा सकती, इसलिए मैंने कहा, "क्यों, यहाँ नहीं आना चाहिए क्या?"

पास में ही कासिम अली का गाँव था। मैं उनका घर भी पहचानता था। मैं वहाँ चला गया। जाकर देखा कि घास-फूस के छप्पर के सामने एक बहुत ही कमजोर-सी बुढ़िया बैठी है।

मैंने उससे कहा, "यहाँ कासिम अली का मकान हुआ करता था न?"

बुढ़िया हँसकर बोली, "हाँ मालिक, लेकिन वे तो कब के बहिश्त भाग गये, मुझे यहाँ छोड़कर।"

मैंने विस्मय से पूछा, "यह क्या? कासिम अली मर गये?"

"हाँ।"

मैं खामोश हो गया। बुढ़िया बोली, "ऊँ हूँ, वे मरे नहीं। उन लोगों ने मार डाला।"

एक-एक कर बुढ़िया ने सबकुछ बता दिया।

बुढ़ापे में भी कासिम पोथियों की नकल करने का नशा छोड़ नहीं पाये थे। कहते थे, 'अभी कोई भले ही काम का आदेश नहीं दे रहा, लेकिन तू देखना, मेरे मरने के बाद इन सब नकलों के लिए लोग कितनी कीमत चुकाने को तैयार मिलेंगे। ये पोथियाँ नहीं है रे—हीरे-जवाहरात हैं, हीरे-जवाहरात।'

जहाँ-जहाँ पोथियों के बारे में कासिम को खबर मिलती, वे वहाँ से उसकी नकल कर घर में जमा करते। मैंने सुना कि एक कमरा पोथियों से भर गया था।

मैंने पूछा, "कहाँ हैं वे पोथियाँ?"

बुढ़िया मुस्कुरा दी। बोली, "उन्हें मैंने आग लगाकर जला डाला है।"

मैंने विस्मित होकर पूछा, "क्यों?"

बुढ़िया थोड़ी देर चुप रही। फिर उसने सबकुछ विस्तार से बताया।

गोविन्दपुर के दत्त परिवार के यहाँ, बताते हैं, एक पोथी थी। किसी ने बताया था कि वह दो सौ साल पुरानी है। कोई कहता, पाँच सौ साल। लेकिन दत्त परिवार के लोग कहते कि वह पोथी नहीं, भगवान है। वे लोग सुबह-शाम उसकी पूजा करते थे।

कासिम आली ने जाकर उनसे कहा, ''मैं नकलनवीस हूँ बाबू, मुझे इस पोथी की नकल तैयार करने दीजिए।''

यह सुनकर दत्त परिवार नाराज हो गया कि उनके खानदान द्वारा सपने में प्राप्त इस पोथी को मुसमलान देखेगा! उन्होंने उन्हें दुत्कारते हुए वहाँ से भगा दिया।

और कासिम पर उसका नशा छा गया कि वे उस पोथी की नकल जरूर तैयार करेंगे। न मालूम कौन-से मणि-रत्न उसमें छुपे पड़े हैं!

आखिर उन्होंने तय किया कि वे उसे चुरा लाएँगे और नकल का काम पूरा होते ही उसे वापस रख आएँगे।

बुढ़िया बोली, ''जवान उमर होती तो कोई बात नहीं थी। बुढ़ापे में क्या ये सब जँचता है, मालिक? गाँव के एक मुसलमान छोकरे को लेकर वे पोथी चुराने चल दिये। चुरा के लाकर सारी रात जागकर पेड़ के नीचे दीया जला उन्होंने पोथी की नकल तैयार की, फिर...''

बुढ़िया की आँखें छलछला आयीं। बोली, ''नकल पूरी करके वे सुबह-सुबह उसे वापस रखने गये और वहाँ रंगे हाथों पकड़े गये।

''यह केवल चोरी का मामला नहीं था, इसमें एक मुसलमान ने पूजा की पोथी को छुआ था! इसमें उन लोगों की क्या गलती थी, लेकिन फिर भी एक बूढ़े आदमी को कोई भला इस तरह मारता है, बाबू!

''गाँव लौटकर कासिम ने जो खाट पकड़ी, सात दिनों तक बुखार में तकलीफ पाते-पाते अचानक उन्होंने आँखें मूँद लीं,'' कहकर बुढ़िया ने लम्बी साँस छोड़ी। बोली, ''मुझे भी बहुत गुस्सा आया, और मैंने पोथीवाले कमरे में आग लगा दी। पोथियाँ ही तो काल बनी थीं। गुस्सा नहीं आएगा, मालिक?''

सच कहने में क्या! ऐसी अमूल्य सम्पदा इस तरह जलाकर नष्ट करने के लिए मुझे बुढ़िया पर बहुत गुस्सा आया, लेकिन फिर भी मैं कुछ नहीं कह सका।

विफल मन लेकर लौटते-लौटते अचानक मैंने एक व्यक्ति से पूछा, ''आपको पता है, नकलनवीस कासिम अली की कब्र कहाँ पर है?''

जवाब आया, ''वो ऊर्ध्ववास के उस पार।''

ढूँढ़ता-ढूँढ़ता मैं वहाँ गया। हाँ, कब्र-जैसी ही लग रही थी। वह एक टीले-जैसी थी, जिस पर सुन्दर हरी घास उग आयी थी और चारों ओर से वह गोखरू

की झाड़ियों से घिरी हुई थी। अब भी वह कब्र-जैसी दिखती थी, दो साल बाद हो सकता है, लोग उसे खेत की मेंड़ कहने की भूल करें।

कासिम की बात क्या तब किसी को याद रहेगी?

ऋण

आज के अख़बार में प्रकाशित केवल पाँच पंक्तियोंवाले एक शोक-समाचार पर आपमें से बहुतों ने शायद ध्यान नहीं दिया होगा। नीमापुर के राजा विनयेन्द्र मोहन के निधन की खबर पर आपकी नजर गयी भी हो तो नीमापुर जगह है कहाँ, सोच-सोचकर आपको कोई कूल-किनारा नहीं मिला होगा। नहीं मिलने की ही तो बात है, क्योंकि मानचित्र में नीमापुर नाम की जगह अब ढूँढ़े नहीं मिलेगी।

लेकिन नीमापुर सचमुच एक वक्त एक छोटी-सी इस्टेट थी। बिहार और पश्चिम बंगाल की सिवान पर सिर्फ 22 गाँवों को लेकर बना था नीमापुर इस्टेट और उस इस्टेट के एक राजा भी थे। उन्हीं राजा का नाम था विनयेन्द्र मोहन सिंहराव, जिनका सड़सठ साल की उम्र में परसों हृदयगति रुक जाने की वजह से निधन हो गया, उनके निधन की सूचना आज के अखबार में प्रकाशित हुई है—लेकिन सिर्फ पाँच पंक्तियों में!

विनयेन्द्र मोहन सिंहराव के साथ एक बार मेरी मुलाकात हुई थी—किस्मत से नहीं, बल्कि कहना चाहिए, बदकिस्मती से।

शायद मेरे दादाजी की मरने के बाद शिव होने की इच्छा थी और इसीलिए बुढ़ापे में वे वानप्रस्थ के लिए न जाकर बनारस में स्थायी रूप से रहने लगे थे। इधर मेरे पिता की तबादलेवाली नौकरी थी। वे कहीं भी दो घड़ी सुस्ता नहीं पाते थे, उन्हें समूचे भारत में भटकना पड़ता था। इसलिए मैं दादाजी के पास रहकर ही पढ़ाई-लिखाई करता था।

काशी के बंगाली टोले में एक छोटा-सा मकान किराये पर लेकर रहा करते थे दादाजी और मैं हर रोज साइकिल से कॉलेज जाता-आता था। यानी उस वक्त मैं बनारस हिन्दू यूनिवर्सिटी में इंजीनियरिंग पढ़ रहा था। वह मेरा अन्तिम साल था। परीक्षा में कुछेक महीनों की देर थी।

हम कुछ दोस्त—मैं, शिवप्रसाद, विश्वनाथ और गुरमुख सिंह—छुट्टी के बाद साइकिल से घर लौटा करते थे।

दशाश्वमेध घाट के पास रॉबिन माइती की साइकिल ठीक करने की एक दुकान थी। वहाँ हम चारों दोस्त अपनी-अपनी साइकिलें रखकर बेंतवाले कैरियर-बॉक्स से तौलिये और लुंगी निकाल घाट, की सीढ़ियाँ उतर सीधे गंगा में छलाँग लगा देते। दिनभर धूप में तपने की वजह से पानी की ऊपरी सतह थोड़ी गरम तो रहती, लेकिन ज्यादा देर तक तैरते रहने पर दिनभर की पसीने से जमी धूल साफ हो जाती, सारी थकावट हवा में बिला जाती। शाम को ठण्डी-ठण्डी हवा बहने लगती...शाम के धुँधलके में धीरे-धीरे दो-चार तारे उगते, एक टुकड़ा चाँद झाँकने लगता या फिर कभी अमावस की रात में पास में ही स्थित मणिकर्णिका घाट पर दो-एक चिताएँ धधकती रहतीं...और हम लोग उनकी ओर देखते रहते।

उन दिनों की बातें याद करते हुए आज भी रोमांच का अनुभव होता है। खास तौर पर उस दिन की बात को याद कर, जिस दिन राजा विनयेन्द्र मोहन सिंहराव के साथ परिचय हुआ था। परिचय हुआ था किस्मत से नहीं, बदकिस्मती से।

मुझे तारीख याद नहीं, दिन याद है। वह बुधवार था। दिन इसलिए याद है कि बुधवार को ही हम लोगों की छुट्टी थोड़ी जल्दी हो जाया करती थी। उस दिन दशाश्वमेध घाट पर शाम को नहानेवालों की भीड़ थी।

बहुत-से लोग उस वक्त घाट पर डुबकियाँ लगा रहे थे। दोनों कानों में उँगलियाँ डाले वे जाने क्या मन्त्र बुदबुदा रहे थे, ऐसे में अचानक लोगों का शोर सुनाई दिया। मैं पहले-पहल समझ ही नहीं पाया कि लोग क्यों चिल्ला रहे हैं, लेकिन अगले ही पल मैंने देखा, कमर तक गहरे पानी में खड़ी, एक हाथ लम्बा घूँघट की हुई एक महिला जोर-जोर से रो रही है। रोती-रोती पानी की सतह पर हाथ से टटोलती 'बबुआ', 'बबुआ' कहती चिल्ला रही है।

उसी वक्त मैंने देखा कि एक किनारे पर खड़ी नाव के नीचे पानी में एक बच्चे का चेहरा डूब-उतरा रहा है, और बचने की कोशिश में वह जितनी बार हाथ-पैर मारकर ऊपर आने की कोशिश करता, उतनी ही बार उसका सिर नाव से टकरा जाता। वह फिर पानी में डूब जाता।

मुझे पानी से डर नहीं लगता था, लेकिन ठीक उसी वक्त मैंने पानी में क्यों छलाँग लगा दी, मुझे आज भी नहीं मालूम। बबुआ की माँ रो रही थी, इसलिए? वहाँ तमाम लोग शोर मचा रहे थे, लेकिन वे बच्चे को नहीं ढूँढ़ पा रहे थे, क्या इसलिए? या कि मेरे मन में क्षण-भर के लिए बहादुरी पैदा हो गयी थी? पता नहीं। मुझे सिर्फ इतना पता है कि उस बच्चे को बचाने के लिए मैं पानी में कूद पड़ा था।

लेकिन घाट पर से वह बच्चा जितना स्पष्ट दिखाई दे रहा था, तैरकर नाव की ओर जाते-जाते मुझे वह उतना साफ नहीं दिखाई दे रहा था। एक जगह पर पानी के नीचे-से ऊपर उठ रहे बुलबुले को देखकर मैं उस ओर बढ़ा। लेकिन बेकार। दो-तीन बार डुबकी लगाने के बावजूद उसका कोई सुराग नहीं मिला। तो फिर क्या वह बहकर नाव की दूसरी तरफ चला गया है? नाव के नीचे दब गया है? अचानक इस आशंका से मैं भावोद्वेलित हो उठा। मुझे पहली बार लगा कि मेरा ही कोई अपना, कोई अन्तरंग दोस्त पानी में डूब रहा है। वह बचने की कोशिश कर रहा है, लेकिन...मैंने सोचा कि अपने प्राणों की परवाह किये बगैर मैं उसे जरूर बचाऊँगा!

और एक बार फिर डुबकी लगाते ही जाने किसने पानी के भीतर से मेरा पैर जकड़ लिया, मानो कोई भारी-सा पत्थर हो! मैं पैर ऊपर नहीं खींच पा रहा था। एक आसुरी दस्यु की ताकत से उसने मेरा पैर जकड़ रखा था। मैं न तो पानी की सतह पर आ पा रहा था और न ही उसे बचाने के लिए पानी में डुबकी लगा पा रहा था। अचानक मैं बहुत बुरी तरह से डर गया। मेरी आँखों में मौत का-सा अँधेरा घिर आया। मैंने पूरी ताकत लगाकर एक झटके से अपना पैर छुड़ाने की कोशिश की, आतंकित हो चीखते हुए मैंने उसे लात मारकर हटाना चाहा, लेकिन नहीं हटा सका। कितने मजबूत हाथों से उसने मेरा पैर जकड़ रखा था! मुझे लगा, मेरी मौत निश्चित है। मैं थक चुका था। वह मुझे धीरे-धीरे पानी नीचे की ओर खींच रहा था। लग रहा था कि उसके शरीर का वजन एक भारी पत्थर की मानिन्द मुझे डुबोकर मारना चाहता है।

थोड़ी देर पहले, जो मुझे अपना लगा था, कोई अन्तरंग दोस्त लगा था, जिसकी जिन्दगी मेरी जिन्दगी से कम कीमती नहीं थी, वह मुझे अपना सबसे बड़ा दुश्मन लगने लगा—एक निर्दयी शैतान!

मैंने एक बार और झटका देकर उसके हाथों से अपना पैर छुड़ाने की कोशिश की, लेकिन छुड़ा नहीं सका। ठीक उसी वक्त मेरे हाथों से जाने क्या टकराया। हाँ, नाव की मोटी रस्सी मेरे हाथों से टकरायी थी। मैंने पूरी ताकत से उसे पकड़ लिया।

इसके बाद क्या हुआ, मुझे खुद नहीं मालूम। मुझे किसने नाव पर खींच लिया था और वह बच्चा—बबुआ—किस तरह मेरे पैर, घुटने और फिर कमर को पकड़कर ऊपर आ गया था, जीवन को फिर से पा लिया था, यह सब मैंने औरों के मुँह से सुना था। मछुआरे जब मुझे और बबुआ को घाट पर ले आये, उसके बहुत देर बाद मैंने ये सब बातें सुनी थीं।

एक हाथ लम्बा घूँघटवाली वह महिला तब बबुआ से लिपटकर जोर-जोर से रो रही थी और मुझे घेरे हुए थे शिवप्रसाद, विश्वनाथ और गुरमुख सिंह।

और...और जैसे ही मैं उठ बैठा, वैसे ही गले में मूँग की माला, कान में सोने के बून्दे पहने एक अधेड़-सा व्यक्ति खुशी के मारे सिसकने लगा। अश्रुसिक्त आँखों से मेरे दोनों हाथ अपने हाथों में लेकर उसने न जाने क्या-कुछ कहने की कोशिश की, लेकिन भावातिरेक में गला अवरुद्ध हो जाने से वह कुछ भी नहीं कह पाया। बस अपनी आँखों से आँसुओं की धार बहता रहा।

मैं तब भी कुछ समझ पाने की हालत में नहीं था।

थोड़ी देर बाद उस व्यक्ति ने कहा, ''तुमने मुझे जिन्दगी बख्शी है बेटा, मेरे बेटे की जिन्दगी बचायी है।''

उनकी कृतज्ञता का मानो कोई अन्त ही नहीं था। पति-पत्नी दोनों क्या कहें, क्या करें, कुछ भी तय नहीं कर पा रहे थे।

फिर उस अधेड़-से व्यक्ति ने मेरा नाम-पता वगैरह पूछा और कहा, ''बंगाली बाबू, तुमने मेरे बेटे की जिन्दगी बचायी है, तुम्हारे लिए मैं सबकुछ कर सकता हूँ— तुम जो चाहो, जब चाहो।'' फिर वे धीरे से बोले, ''मैं नीमापुर का राजा हूँ, मेरा नाम विनयेन्द्र मोहन सिंहराव है। एक चिट्ठी भर लिख दोगे तो मैं हाजिर हो जाऊँगा...जैसे बबुआ मेरा बेटा है, वैसे ही तुम भी मेरे बेटे हो!''

फिर बहुत साल बीत गये। लगातार दो बार परीक्षा में फेल होने के बाद मैं न जाने कब समाजसेवी बन गया था। समाज की सेवा करूँगा, समाज का उपकार करूँगा—ऐसे ही महान आदर्शों के पीछे मैंने अपने-आपको न्योछावर कर दिया था। लेकिन क्यों, क्या पता! हो सकता है, बहुत-से दोस्तों ने इस राह को चुना था, इसलिए; या फिर, मेरे मन के भीतर कहीं एक आत्मधिक्कार का भाव छुपा पड़ा था। हाँ, विनयेन्द्र मोहन सिंहराव की उस दिन की सजल आँखें और कृतज्ञता का उच्छ्वास शायद मुझे बार-बार याद दिला देता था कि मैं कितना स्वार्थी हूँ, कितने झूठे गौरव का अधिकारी...।

लेकिन मैं विनयेन्द्र मोहन को नहीं भूल सका। हम लोग उस रोज यह तय करके खुशी से झूम उठे थे कि हमें एक अस्पताल का निर्माण करना है। चन्दे के लिए रसीद-कट्टा लेकर हम यहाँ से वहाँ भटक रहे थे। अचानक एक दिन लगा कि नीमापुर के उस राजा को एक चिट्ठी लिखें तो कैसा हो! शायद वे देंगे तो कुछ भी नहीं, इतने दिन बीत गये, उन्हें कुछ याद थोड़े ही होगा, लेकिन देखते हैं। हो सकता है, वे दो-एक सौ रुपये भेज दें!

लेकिन कुछ दिनों बाद ही अस्पताल कमेटी के नाम पाँच हजार रुपयों का एक चेक आया और साथ में एक चिट्ठी भी थी कि और जितने पैसों की जरूरत हो, लिखिएगा। मैंने इसकी कल्पना भी नहीं की थी।

अस्पताल से स्कूल, स्कूल से कॉलेज...जब भी जिसमें रुपयों की जरूरत होती,

मैं चिट्ठी लिख देता और विनयेन्द्र मोहन तुरन्त रुपये भिजवा देते। यह देखकर मेरा लालच बढ़ता गया था...या फिर मेरा अहंकार? सिर्फ अपने कामों के लिए ही नहीं, और लोग भी, जिन्हें जब पैसों की कमी हुई या फिर जब किसी ने चन्दा माँगा, मैंने विनयेन्द्र मोहन को चिट्ठी लिखी कि इन लोगों की मदद की जाए और कमाल की बात है, किसी को भी कभी निराश नहीं होना पड़ा। हालाँकि पहले-पहल उन्होंने खुले हाथ से दान किया, लेकिन आखिर-आखिर में वे वैसे मुक्तहस्त नहीं रहे थे, लेकिन फिर भी कुछ-न-कुछ मदद कर ही देते थे।

मेरे मन में भी जाने कैसा एक अधिकार-बोध-सा पैदा हो गया था कि विनयेन्द्र मोहन के पैसे समाज के लिए खर्च करवाकर जैसे मैंने उन्हें कृतार्थ ही किया हो।

कोई हिन्दी का कवि अपनी किताब प्रकाशित नहीं करवा पा रहा है, तो लिख दिया विनयेन्द्र मोहन को। किसी राजनीतिक नेता की मौत से उसका परिवार आर्थिक संकट में आ गया है, तो विनयेन्द्र मोहन के रहते किस बात की फिकर! मैं सोचता था, मैंने उनके बेटे की ज़िन्दगी बचायी है, रुपयों से क्या इस एहसान को चुकाया जा सकता है?

काशी के एक विख्यात गायक को कैंसर हुआ, इलाज के लिए रुपयों की जरूरत थी। मैंने विनयेन्द्र मोहन को चिट्ठी लिखी। लेकिन चिट्ठी का जवाब तक नहीं आया, पैसे तो दूर की बात। मैंने सोचा, शायद उन्हें चिट्ठी नहीं मिली और इसलिए मैंने दोबारा चिट्ठी लिखी। लेकिन इस बार भी कोई जवाब नहीं आया।

मैं मन-ही-मन नाराज हो गया। सभी सोचते थे कि मैं यदि चिट्ठी लिख दूँ तो रुपये अवश्य मिलेंगे। उनके समक्ष इस कृतघ्न व्यक्ति ने मेरी इज्जत को मिट्टी में मिला दिया। हाँ, विनयेन्द्र मोहन मुझे कृतघ्न ही लगे थे। मैंने उनके बेटे की जिन्दगी बचायी थी एक दिन, नीमापुर के राजा ने क्या यह सोच लिया कि पैसे देकर ही उन्होंने एहसान का बदला चुका दिया है? सिर्फ बाइस गाँवों को लेकर ही तो उनका राजपाट था...मैंने बहुत दिनों पहले सुना था...और इसीलिए दोस्तों के बीच उन्हें लेकर हँसी-ठट्ठा भी किया था।

लेकिन मन से नाराजगी दूर नहीं हुई। मैं बेहद नाराज हो गया था, इसलिए फिर मैंने उन्हें कोई चिट्ठी नहीं लिखी।

कुछेक महीने बाद की बात है। चुनाव के कार्यों के सिलसिले में मैं मुजफ्फरपुर जा रहा था, बीच सफर में एक छोटे-से स्टेशन पर ट्रेन के रुकते ही मैं चौंक गया! अरे, यह तो वही नीमापुर है!

मैं ट्रेन से उतर गया।

राजा का नाम बताते ही कुली बुद्धुओं की तरह मेरे चेहरे की ओर देखने लगा, फिर उँगली के इशारे से उसने रास्ता बता दिया।

बहुत ढूँढ़ने के बाद मैं जिस मकान के सामने जा पहुँचा, उसे किसी भी हालत में राजभवन नहीं कहा जा सकता। वह एक बहुत पुराना जर्जर मकान था, जो आधा ढह गया था, सिर्फ दो-एक कमरे किसी तरह टिके हुए थे।

आवाज लगाने के बाद एक बूढ़ा व्यक्ति बाहर निकला। उसके सूखे चेहरे पर हड्डियाँ उभर आयी थीं, सिर के सारे बाल सफेद हो चुके थे, नसें त्वचा पर उभर आयी थीं। वह लड़खड़ाते हुए आकर बोला, "राजा नहीं बाबू, मैं फकीर विनयेन्द्र मोहन हूँ।"

मैंने अपना नाम बताया।

मोतियाबिन्दवाली आँखों से वे बुजुर्ग मुझे ठीक से पहचान नहीं सके। लेकिन पुराने दिनों के बारे में बताते ही एक तरफ लाठी फेंककर मुझे सीने से लगाकर दहाड़ें मारकर रोने लगे। बोले, "बेटा, मेरा बेटा!"

मैंने पूछा, "आपका बेटा कहाँ है? कहाँ है बबुआ? कितना बड़ा हो गया है वह?"

कोई जवाब नहीं आया। मोतियाबिन्दवाली सजल आँखों से मेरी ओर देखते हुए उन्होंने एक लम्बी साँस छोड़ी। बोले, "बबुआ? आपने उसकी जिन्दगी बचायी थी बाबूजी, लेकिन इससे क्या होता है! बनारस से लौटने के दो महीने बाद ही तो भगवान ने उसे हमसे छीन लिया था।"

मैं स्तम्भित हो गया। बबुआ मर गया? काशी से लौटकर ही वह मर गया? ओह, अनजाने में मैंने रुपयों की माँग कर-करके उस बुजुर्ग पर कितने अत्याचार किये थे! हर बार मैं उन्हें बबुआ की याद दिलाता रहता था।

और...और बबुआ मर गया लेकिन फिर भी उसकी जिन्दगी बचाने का ऋण जिन्दगीभर चुकाते रहे विनयेन्द्र मोहन सिंहराव...जिनके निधन की खबर आज के अखबार में छपी है—वह भी सिर्फ पाँच पंक्तियों में! आज इसीलिए उन्हें लेकर यह कहानी लिखी है। लेकिन इतनी सहजता से क्या उनका ऋण चुकाया जा सकेगा?

तलाक

लोग कहते हैं कि गाँव-घरों में ऐसा नहीं दिखाई देता। बड़े घर की लड़की न होने पर क्या सुन्दरता मिला करती है? कोरी धोती की मानिन्द चम्पई रंग, कसा हुआ शरीर, लम्बाई में भले ही थोड़ी-सी कम रही हो लेकिन रूप में किसी तरह की कमी नहीं थी। बारह वर्ष की चाँदबानू जब नथनी की मणि और चाँदी की पायल छमकाती घूमती तो भले ही वह दिखाई न दे, तो भी किनारे-किनारे तक कासिम का मन पायल की रुनझुन से भर उठता था।

रसूलगाँव के सबसे प्रतिष्ठित व्यक्ति थे लतीफ साहब। इन्हीं लतीफ साहब की बिटिया थी चाँदबानू। पिता की तीस बीघा खेती की जमीन थी, मीठे पोखर में भी चार आने का हिस्सा था, और मौलाना की जमीन पर आम और खजूर के बाग थे। ऐसे घर की लड़की होने की वजह से ही ऐसा रंग-रूप था। घर का फर्श विदेशी मिट्टी (सीमेण्ट) का जो बना हुआ था, इसलिए पैरों में कीचड़ नहीं लगता था, और कॉरगेट की छत पर चाँद की रोशनी बिखरकर उसके चेहरे को रौशन करती थी इसीलिए तो चाँदबानू का रूप चाँद-जैसा था।

लतीफ साहब की छोटी बीवी भी अपनी उम्र में देखने में सुन्दर थी। उसकी ही तो बेटी थी, भला परी-जैसी क्यों न दिखेगी? लेकिन उम्र भी कोई कम न थी, बारहवें वर्ष में उसने कदम रखा था। दिखने में चौदह वर्ष की लगती थी, इसलिए छोटी बीवी बीच-बीच में धमकाती, कहती, ''तेरी उमर कोई कम नहीं है, चाँदी। जो तेरी शादी हो जाती तो बेटे की माँ होती।''

चाँदबानू होठ फुलाकर कहती, ''होने दो उमर, लेकिन इसकी वजह से बुर्के में...दम घुटने लगता है मेरा।''

लतीफ साहब यह सुनकर मुस्कुराते। कहते, ''चाँदी ठीक ही तो कह रही है। सदर (जिले का प्रधान शहर) के अब्दुल साहब की बेटियाँ सबकी आँखों के सामने से होकर स्कूल जाती हैं। कचहरी के सिलसिले में वहाँ जाकर मैं यह सब देख

आया हूँ।''

छोटी बीवी गुस्से में कहती, ''यह तुम्हारा सदर नहीं है, रसूल गाँव की इज्जत हो तुम, प्रतिष्ठा की बात तो सोचनी ही पड़ती है।''

लतीफ साहब कहते, ''प्रतिष्ठा की बात तुम अपने पास ही रखो। रसूल गाँव में इनसान रहते हैं क्या, जो चाँदी को लाज-शरम की परवाह करनी पड़ेगी?''

बात सच ही है, रसूल गाँव में इनसान रहते हैं क्या? पच्चीस मुसलमानों के घरोंवाला छोटा-सा गाँव। वे भी केवल जात के ही मुसलमान हैं, अदब-कायदे के नहीं। गरीबों का गाँव है। कोई डोंगी में मछली पकड़ता फिरता है, कोई ताँत बुनता है और ज्यादातर लोग लतीफ साहब की जमीन पर खेती-बाड़ी का काम करते हैं, धान से चावल के दाने अलग करते हैं, और नहीं तो खजूर के रस को गरम कर गुड़ बनाते हैं। इनसान तो बस एक ही है—बच्चा करीम। पिता गुजर गये, अब पटवारी का काम-काज वह स्वयं देखता है। आसपास के गाँवों से घी, अण्डे और गुड़ खरीदकर सदर के हाट में बेचता है। खूब पैसा कमा लिया है, इसका सबूत है कि उसकी दो-दो बीवियाँ हैं। नाम लेकिन उसका वही बच्चा करीम ही रह गया है।

करीम दिखने में खूबसूरत है। पक्का मकान बनाएगा इसलिए सदर से राजमिस्तरी बुलवाकर ईंट के भट्ठे में ईंटें पकवा रहा है। उसकी दोनों बीवियों के गलों में चाँदी की हँसुली है और बाँहों में कलई किये हुए बाजूबन्द। वे बुनकरों को आदेश देकर कढ़ाईवाली फूलबहार साड़ियाँ बनवाती हैं।

छोटी बीवी सोचती है कि इस घर में चाँदी की शादी कर देने से वह सुखी रह सकेगी, और इसीलिए जब-तब चाँदबानू के पिछले दरवाजे से इधर-उधर निकल जाने पर वह नाराज हो जाती। लेकिन चाँदबानू को ये सब बातें समझ में नहीं आतीं, वह तो हाथ में लालटेन लेकर गाय के बाड़े को देख आती। जिस बर्तन में गायों को चारा दिया जाता, उसमें हाथ डालकर देखती कि उसमें पानी है या नहीं, फिर मुर्गियों को गिन-गिनकर झाबे में भरती। एक-आध कम होने पर चिल्लाकर कहती, ''ओ कासिम, मुर्गियों को एक बार जरा फिर से गिन तो, एक-आध को बिल्ली ने तो नहीं पकड़ लिया!''

अठारह साल का जवान कासिम इसी में खुश हो जाता। चाँदबानू की ओर से कोई काम मिल जाता तो उसे किसी और चीज की जरूरत नहीं रहती। मीठे पोखर के किनारे ढूँढ़-ढूँढ़कर वह मुर्गी पकड़ लाता। उसके चेहरे पर ऐसे भाव होते मानो उसने बहुत बड़ा काम किया है। लेकिन चाँदबानू मुस्कुराती क्यों नहीं? क्यों नहीं पूछती कि झुण्ड से बिछड़ गयी यह मुर्गी कहाँ मिली कासिम? कीचड़ में उसे कितना भटकना पड़ा था! सामने से फन उठाये हुए एक गोखरू साँप किस तरह

निकल आया था! खैर, हो भले काम की बात, उसकी आवाज सुनकर ही कासिम खुश हो जाता। यदि उससे बात कर पाता तो और भी खुश होता। लेकिन ऐसा मौका आम तौर पर मिलता ही नहीं था। दिनभर वह खेत में हल चलाता और शाम को लौट आता।

"चिलम-भर तम्बाकू देंगे गुमाश्ता साहब?"

गुमाश्ता साहब इस वक्त एक गिलास चाय के लालच में पटवारी बच्चा करीम के घर पर अड्डा जमाते हैं, जानकर भी कासिम गुमाश्ता साहब के नाम से ही आवाज लगाता। दो-एक बार आवाज लगाते ही बाहर निकल आती चाँदबानू। कहती, "ओ कासिम, यह लो तुम्हारा तम्बाकू।"

अँधेरे में हाथ के अन्दाज से टटोलते-टटोलते कासिम आँगन के सामने आ खड़ा होता, हथेलियाँ जोड़कर दोनों हाथ आगे बढ़ा देता और ऊँचे आँगन पर से ही चाँदबानू उसमें तम्बाकू डाल देती।

"थोड़ा-सा अंगार नहीं दोगी?"

गुस्सा हो जाती चाँदबानू। "...काम-काज के मुकाबले तुम्हारी फरमाइशें बहुत ज्यादा हैं कासिम," कहकर बड़े-बड़े डग भरती वह चूल्हे से अंगार लाने चली जाती।

वह समझ ही नहीं पाती कि असल में कासिम यह फरमाइश क्यों करता है! मूल बात यह कि चाँदबानू को निहारना, उसकी चाल-ढाल यह—सब...सब कुछ उसे अच्छा लगता है और फिर घर लौटकर उसे नींद नहीं आती। सिर्फ चाँदबानू और चाँदबानू। सपने में वह देखता कि उसने ढेर सारे रुपये जमा कर लिये हैं। जमीन के अलावा खजूर के बारह पेड़ हैं। खजूर के गुड़ की भेली बनाकर वह सदर में ऊँचे दामों में बेच आया है। फिर उन पैसों से उसने करीम साहब की ही तरह पटवारी का काम शुरू कर दिया है। कॉरगेट की छतवाला मकान बनवा लिया है और घर का फर्श विलायती मिट्टी यानी सीमेण्ट से बनाया गया है।

फिर?

फिर मानो लतीफ साहब आकर कह रहे हों कि 'ओ कासिम, तुमने सबकुछ तो कर लिया, जमीन वगैरह खरीद ली, अब शादी-वादी न करोगे तो घर में जो अँधेरा है, वह अँधेरा रह ही जाएगा।' और तब कासिम कहता, 'बीवी बनाने लायक लड़की है कहाँ लतीफ साहब, आप ही बताइए, देखें?'

'क्यों, मेरी चाँदी को तो बचपन से देख रहे हो तुम!'

सच्च! काश, यह कभी सम्भव हो सके! टूटी छप्पर की फाँक में से आसमान की ओर ताकते हुए सपने देखता कासिम। अँधेरे में चेहरा तो देख नहीं पाता और उजाला होने पर भी तो अपना चेहरा वह स्वयं देख नहीं सकता, फिर भी कासिम

महसूस करता कि मानो उसके चेहरे पर हँसी लिपटी हुई है और कभी मन-ही-मन हताश हो गहरी साँसें लेता, पाजामे के कोने से आँखें पोंछता। मेहनत-मजदूरी ही जिसका नसीब हो, वह भला चाँदबानू से शादी का सपना कैसे देख सकता है? कासिम के सीने में मरोड़-सी उठती।

चाँदबानू को ये सब बातें ज्यादा समझ नहीं आतीं। फिर भी बीच-बीच में कासिम के प्रति उसके मन में जाने कैसी दया उमड़ने लगती। कासिम जिस दिन बेगार देने आता, चाँदबानू उसे बुलाकर उससे बातें करती। काम के अन्त में उसके हाथ में थोड़ा-सा तेल डालकर कहती, "मीठे पोखर में डुबकी लगा आओ, तुम्हारे लिए भात बन गया है।"

कासिम जल्दी से एक डुबकी लगाकर धान के कोठे के पास एल्यूमीनियम की थाली-कटोरी लेकर बैठ जाता। चाँदबानू उसकी थाली में नरम भात और दाल डाल देती। किसी-किसी दिन सब्जी वगैरह भी मिल जाती। वह बैठे-बैठे पेट भरकर खाता और सामने खड़ी-खड़ी चाँदबानू उससे बातें करती रहती। कहती, "ओ कासिम, बुड्ढे हो चले, शादी-ब्याह नहीं करोगे?"

"शादी-ब्याह?" कासिम हँसता, कहता, "मुझसे कौन करेगा शादी? अपना पेट ही अपनी नहीं सुनता।"

वह ऐसा कहता जरूर लेकिन उसका सन्देह खत्म नहीं होता। शादी की बात क्यों करती है चाँदबानू? तो क्या कासिम का सपना उसके मन में भी झाँकता है?

मन के भीतर गुनगुनाहट जन्म लेने लगती। मन-ही-मन एक गीत को दोहराता वह करीम साहब के घर पर जा पहुँचता।

हिसाब की कॉपी देखते-देखते नजरें उठाकर देखते करीम साहब। "हाँ, कासिम, क्या बात है?"

"कोई धन्धा वगैरह बता दीजिए न साहब। मेहनत-मजदूरी करके पेट नहीं भर पाता।"

करीम साहब हो-हो कर हँस दिये। फिर अचानक संजीदा होकर बोले, "धन्धा है एक, करोगे तुम?"

कासिम ने सिर हिला दिया।

करीम साहब ने धीरे-से मुस्कुराकर कहा, "बीस रुपये नगद मिलेंगे, शादी करनी होगी।"

"शादी?" कासिम की खुशी से आँखें फैल गयीं।

करीम साहब हँसकर बोले, "यह धन्धा बहुत अच्छा है कासिम। सदर के महाजन बाबू मियाँ अपनी एक बीवी को तलाक देकर अब पछता रहे हैं।"

कासिम तब भी नहीं समझ पाया और वैसे ही फैली आँखों ताकता रहा।

करीम साहब धीरे-धीरे बोले, ''हमारा मुस्लिम धर्म बड़ा कठोर है कासिम! हिन्दू घर की औरत को घर से निकाल के उसके बाप के घर भेजकर दोबारा बुलवाया जा सकता है, लेकिन हमारे यहाँ एक बार बीवी को तलाक देकर दोबारा उसे घर नहीं बुलाया जा सकता।''

कासिम फिर भी कुछ नहीं बोला, वह चुप ही रहा।

करीम साहब ने फिर कहा, ''हाँ, उस औरत से कोई और शादी कर फिर उसे तलाक देने पर तलाकशुदा औरत से वह फिर शादी कर सकता है, उसे फिर वापस लाया जा सकता है, यही हमारा कानून है।''

कासिम बोला, ''हाँ, साहब, मुसलमान घर का कानून मानना ही पड़ता है।''

''इसीलिए तो कह रहा हूँ कासिम। बाबू मियाँ की बीवी से तुम शादी कर उसे तलाक दे दो, बीस रुपये मिलेंगे, और उसकी बीवी उसके घर लौट सकेगी।''

कासिम बिफर पड़ा, ''छी:-छी:, यह क्या कहते हैं साहब! गरीब इनसानों की क्या इज्जत नहीं होती?''

''इज्जत!'' करीम साहब हो-हो कर हँस पड़े। बोले, ''बीस रुपये मिलेंगे, सोच के देखो कासिम।''

सोचकर देखा कासिम ने, बहुत सोचकर देखा। गरीब होने के बावजूद वह इस तरह अपनी बेइज्जती नहीं करवा सकता। इससे तो बेहतर वह मछली पकड़ने के बहाने डोंगी पर सवार हो एक दिन वहाँ से चला जाए और फिर कभी नहीं लौटे। ऐसे में चाँदबानू यह तो नहीं कह सकेगी कि कासिम तलाक बेचकर पेट भरता है।

काम करते-करते कासिम को डर लगता रहा कि कहीं यह बात चाँदबानू के कानों तक तो नहीं पहुँच जाएगी? करीम साहब कहीं झूठ-मूठ तो नहीं कहेंगे कि कासिम राजी हो गया है? यही सब सोचते-सोचते कासिम तैरते हुए नदी पार कर रहा था। उससे चाँदबानू ने कहा था, 'ओ कासिम, सदर में हाट लगा है, मुझे थोड़ी-सी रंगीन जलचूड़ियाँ ला दोगे?' कासिम हँसकर बोला था, 'चूड़ी? तुम्हारे लिए चाँद ला सकता हूँ,' कहकर कमर में पैसे खोंस वह नदी में कूद पड़ा था। लेकिन अचानक शायद पनीले साँप ने कासिम को काट लिया। वह दायें हाथ में भयानक दर्द महसूस करता जल्दी-जल्दी किनारे पर आ पहुँचा। उसकी चीख सुनकर कुछ लोग दौड़े। लतीफ साहब मनीरपुर से हकीम ले आये। लेकिन दर्द कम नहीं हुआ। हकीम ने कहा, ''सदर के अस्पताल में भेजना पड़ेगा। किसने काटा है, समझ में नहीं आ रहा।''

कासिम कुछ महीनों बाद जब सदर के अस्पताल से लौटा तो गाँव के लोग देखकर चौंक गये। कोहनी के नीचे से दायाँ हाथ बिलकुल कटा हुआ है। कासिम की हँसी रुलाई की तरह दिखाई दी। वह बोला, ''डॉक्टरों ने कहा कि हाथ सड़ने

लगा है, इसे काटना पड़ेगा और उन्होंने इसे काट दिया।'' उसके जिस रंगीन मन ने हाथ बढ़ाकर चाँद को पकड़ना चाहा था, वही हाथ कट चुका है।

लतीफ साहब बोले, ''एक व्यक्ति के चावल तो अब खर्च नहीं होंगे कासिम, तुम मेरे ही घर में रहोगे। चाँदी तो अब नहीं है कासिम, मेरे घर को अँधेरे में डुबोकर चाँदी बच्चा करीम के घर को रौशन करने चली गयी है।

चाँदबानू चली गयी? करीम साहब के घर को रौशन करने चली गयी? कासिम की आँखों से झर-झर आँसू बह निकले। वह बायाँ हाथ सिर पर रखकर बैठ गया।

लतीफ साहब ने उद्विग्न होकर पूछा, ''क्या हुआ कासिम?''

''हुआ कुछ नहीं, बड़ी थकावट लग रही है,'' कासिम ने जवाब दिया। फिर अगले ही पल वह उठ खड़ा हुआ और दनदनाता हुआ करीम साहब के घर की ओर चला गया। एक डबरे के पास पहुँचकर कासिम विस्मय से ताकता रहा, मानो रातोंरात उस घर का रूप ही पलट गया हो! कुछ महीने अस्पताल में भर्ती रहा था कासिम और इसी बीच इतना सबकुछ घट गया? चाँदबानू की शादी करीम साहब के साथ हो गयी? खैर, वह हो, करीम साहब से भले न हो, किसी बड़े घर में चाँदबानू की शादी होगी, वह जानता था लेकिन ऐसे ऊँचे घर में! कासिम दूर से देखता रहा। उसने देखा कि ईंट की दीवार खड़ी हो गयी है, करीम साहब का पक्का मकान बन गया है। दूसरी मंजिल पर सीढ़ियों के ऊपर एक कमरा भी शायद बननेवाला है। सामने जहाँ गोबर जमा किया जाता है, उसके पासवाली जमीन पालक के साग से भरी हुई है और गोबरवाले घूरे पर बेशुमार मुर्गियाँ घूमती फिर रही हैं। गाय के बाड़े में चार-चार गायें हैं।

सच, जब चाँदबानू की ऐसे घर में शादी हुई है फिर तो वह जरूर सुखी होगी। ऐसा ही हो, मन-ही-मन कासिम ने कहा—काश, ऐसा ही हो! उसने सोचा—वह चाँदबानू के लिए पीर की दरगाह पर मन्नत कर आएगा। लेकिन चाँदबानू को थोड़ी देर के लिए देख आने की उसकी इच्छा हुई। इच्छा हुई पहले की ही तरह तम्बाकू माँगने की, दो कठोर बातें सुनकर मुस्कुराने की। हालाँकि वह शायद अब सम्भव नहीं। जो लड़की इस मोहल्ले से उस मोहल्ले तक दौड़ लगाती रहती थी, कीचड़-पानी में से होते हुए नाले को पार करते वक्त कितनी ही बार जिसकी पिण्डलियाँ देखी हैं कासिम ने, वह शायद अब मुलाकात भी नहीं करेगी। फिर भी कासिम करीम साहब के बरामदे में जा हाजिर हुआ। लतीफ साहब का गुमाश्ता और कुछ लोग वहाँ तब बैठे-बैठे चाटुकारिता कर रहे थे। कासिम को देख चौंककर सबने उसे विस्मित आँखों से देखा। यह तो कासिम भाई है!

''हाथ को क्या हुआ कासिम भाई?'' किसी ने पूछा।

विषाद-भरी हँसी हँसकर कासिम बोला, ''डॉक्टर ने कहा, हाथ सड़ने लगा

है, इसीलिए...''

करीम साहब ने भी गहरी साँस लेते हुए कहा, "सुनो कासिम, सुनो।"

कासिम आगे की ओर सरक गया।

करीम साहब बोले, "मैं महीने में बीस दिन सदर में ही रहता हूँ। यह पक्का मकान बनवाया है, इस मकान की देख-रेख के लिए आदमी चाहिए। तुम मेरे यहीं रहना कासिम!"

उसने सिर हिलाकर सहमति जता दी। वह करीम साहब के यहाँ आया भी तो इसी उद्देश्य से था। मन के भीतर चाँदबानू गुनगुना उठी।...चाँदबानू दिख नहीं रही! दिखती तो देखता कि उसका कटा हाथ देखकर चाँदबानू की आँखें आँसुओं से डबडबाती हैं कि नहीं।

कासिम बहुत देर तक बैठा रहा फिर चिलम का तम्बाकू खत्म होते ही वहाँ से उठ खड़ा हुआ। "जाता हूँ करीम साहब, गाँव-घर वगैरह एक बार देख आऊँ।"

अनमने भाव से करीम साहब के मकान की खिड़की की ओर चुपके से एक नजर दौड़ाकर कासिम ने मैदान की ओर कदम बढ़ाये ही थे कि अचानक किसी स्त्री की आवाज सुन वह ठिठक गया।

"ओ कासिम!"

चाँदबानू की आवाज है न? मुड़कर उसने इधर-उधर देखा। देखा कि खिड़की के पल्ले के पास बुर्का पहने कोई खड़ी है। पास पहुँचते ही चाँदबानू ने चेहरे पर से पर्दा हटा लिया और कासिम के कटे हाथ को देखकर वह जोर से खिलखिलाकर हँस पड़ी।

"ओ कासिम! यह हाथ तुम अपनी किस बीवी को दे आये?"

कासिम थोड़ी देर चुप रहा, फिर फुसफुसाता हुआ बोला, "जो हाथ तुम्हारी फरमाइशें पूरी करता था, वह किसी और की फरमाइशें पूरी नहीं करेगा, इसीलिए..."

चाँदबानू एक बार फिर खिलखिलाती हुई बोली, "आज तुम यहीं खाना खाओगे, नहा आना।"

कासिम सारा गाँव घूम-फिरकर आया। केले का एक पत्ता तोड़कर धान के कोठे के पास पहले की तरह बैठ गया। चाँदबानू ने लोटे में पानी भर दिया। गरम-गरम भात पत्ते पर गिरा। पत्ते पर गरम भात के गिरते ही एक खुशबू नाक से टकरायी। भात के ऊपर चाँदबानू ने दाल डाल दी और उसे निहारने लगी। आह! बेचारा...बायें हाथ से खाने में कासिम को तकलीफ हो रही है। दाल पत्तल से बही जा रही थी। वह उसे चावल के द्वारा नहीं रोक पा रहा था।

चाँदबानू की आँखें छलछला उठीं। वह दौड़कर वहाँ से चली गयी। उसके लिए यह दृश्य देखना सम्भव नहीं हो रहा था। लेकिन कासिम सिर झुकाये खाता

ही जा रहा था। उसे समझ में नहीं आया कि चाँदबानू वहाँ से क्यों चली गयी। खाने के बाद भी चाँदबानू नहीं दिखी तो लोटे का पानी गटागट पीकर पत्ते को मोड़ वह वहाँ से बाहर निकल गया। करीम साहब के यहीं तो उसे काम मिला है, आज भले ही वापस नहीं आयी चाँदबानू, लेकिन फिर कभी मुलाकात हो जाएगी।

और सचमुच मुलाकात हो भी जाती, बातें भी होतीं। चाँदबानू के पास आते ही मानो कासिम की बातें खत्म होना ही नहीं चाहती थीं और चाँदबानू भी मानो इसी समय के लिए हँसने और बातें करने के लिए उन्मुख हो उठती। वे दोनों ही नहीं जान पाते कि उन दोनों के हाव-भाव देखकर करीम साहब की दूसरी बीवियों के बीच में क्या फुसफुसाहट चलती।

करीम साहब जिस दिन सदर जाते, उस दिन घर की चौकीदारी के लिए कासिम बाहरवाले बरामदे में सोता और दरवाजे की ओट से खड़ी-खड़ी चाँदबानू बातें करती। माँ-बाप के हालचाल पूछती। अपने तमाम दुखों की बातें कासिम से कहती कि दूसरी बीवियाँ उसके संग किस तरह दुर्व्यवहार करती हैं, बड़ी बीवी की बेटी किस कदर गालियाँ बकती हैं और यह कि एक दिन के लिए भी करीम साहब उसे माँ-बाप के यहाँ क्यों नहीं जाने देते।

उन दोनों को होश ही नहीं रहता कि उनकी बातें कोई सुन रहा है या कि उन्हें कोई देख रहा है। और होश रहे भी तो क्यों? चाँदबानू के पिता के यहाँ मजदूरी करता था कासिम। उसके साथ सुख-दुख की बातें नहीं करेगी तो वह किसके पास मन हलका करेगी?

करीम साहब यह सब नहीं समझ सके कि रात होते ही चाँदबानू कासिम के पास आती थी!

बीवियों ने, कहते हैं, अपनी आँखों से देखा है! गुस्से के मारे करीम साहब ने हाथ की छड़ी कासिम की पीठ पर दे मारी। दो लोगों को उन्होंने कहा कि बरामदे के खम्भे से बाँधकर कासिम की पीठ पर चाबुक लगाएँ।

पूरी पीठ पर काले-काले दाग लिये हुए कासिम लतीफ साहब के घर लौट आया। लतीफ साहब यह देखते ही जार-जार रो उठे। फिर कासिम ने सारी बातें खोलकर बतायीं। उसने कहा, ''चाँदबानू ने कोई गुनाह नहीं किया है साहब।''

गुनाह किया या नहीं किया, करीम साहब ने सोचा तक नहीं। गुस्से के मारे मौलवी साहब को साक्षी मानकर उन्होंने चाँदबानू को तलाक दे दिया—तलाक, तलाक, तलाक...! चाँदबानू रोती-रोती पिता के पास लौट आयी। सबकुछ सुनकर लतीफ साहब की छोटी बीवी ने भी आँचल से अपनी आँखें पोछीं। गाँव के मौलवी ने कहा, ''करीम साहब ने तलाक दिया, अच्छा ही हुआ। तुम अपनी बेटी का

निकाह सदर के किसी अच्छे व्यक्ति से करा दो। दो साल तक करीम के साथ गृहस्थी की, अहमक उसकी गोद में एक बच्चा भी नहीं दे सका!''

लतीफ साहब बोले, ''तलाक के कुछ महीने बीत जाएँ, अगर चाँदी का मन हुआ तो सदर के अब्दुल वकील के बेटे के साथ निकाह करा दूँगा।''

लेकिन चाँदबानू तैयार नहीं हुई। वह बेवा की तरह ही रह लेगी लेकिन निकाह नहीं करेगी। माँ-पिता ने समझाने की कोशिश की, लेकिन उसने समझना ही नहीं चाहा। कासिम ने भी डरते-डरते कहा कि अब्दुल वकील के बेटे को मैंने भी देखा है। वह अपने पिता-जैसा ही बुद्धिमान है, तीन-तीन परीक्षाएँ पास की हैं। यह सुनकर चाँदबानू खिलखिलाकर हँस पड़ी। कासिम भी नहीं समझ सका कि लड़की क्या चाहती है। वह जिन्दगीभर क्या ऐसे ही विधवा की तरह ही रहेगी, या कि मन-ही-मन वह करीम साहब को प्यार करती है? शायद ऐसा ही होगा!

अचानक एक दिन कासिम करीम साहब के पास जा पहुँचा। बोला, ''चाँदबानू को घर लौटा लाओ करीम साहब, उसने कोई भी गुनाह नहीं किया है। झूठे लोगों की बातों में आकर आपने उसे व्यर्थ ही तलाक दे दिया।''

करीम साहब ने गहरी साँस छोड़कर कहा, ''तू ठीक कहता है कासिम, झूठे लोगों के बहकावे में आकर मैंने तुझे भी तो सजा दी, अब मेरा दिल रोता है। चाँदबानू, तुझे नहीं पता कासिम, बड़ी अच्छी लड़की है चाँदबानू।''

''तो फिर लौटा क्यों नहीं लाते?''

करीम साहब हँसे, ''मुसलमान घरों का कानून बहुत कठोर होता है कासिम, इच्छा होने भर से तलाकशुदा बीवी को वापस नहीं लाया जा सकता।''

कासिम बोला, ''मौलवी से पूछने पर वह उपाय बता सकता है।''

करीम साहब फुसफुसाते हुए बोले, ''उपाय है कासिम, तू चाँदी को लौटाकर ला सकता है! तू चाँदी से निकाह कर फिर उसे तलाक दे कासिम। तुझे पचास रुपये दूँगा, मना मत करना कासिम भाई!''

मौलवी ने भी वही बात कही।...''घर की बीवी घर लौट जाएगी, तू किसी तरह का विघ्न मत पैदा कर कासिम। लतीफ साहब भी राजी हो गये हैं।''

''और चाँदबानू?'' कासिम ने उत्सुक होकर पूछा।

मौलवी ने कहा, ''चाँदबानू ने इस करीम के कारण ही तो निकाह नहीं किया। निकाह कर यदि तलाक नहीं हुआ तो चाँदी करीम के घर नहीं आ सकती थी न, यही मुसलमान घरों का कानून हैं, इसीलिए चाँदी राजी हुई है।''

कासिम बोला, ''तो फिर मैं भी राजी हूँ, लेकिन तलाक बेचने का पैसा मुझे मत दीजिएगा।''

पैसा बड़ी बात नहीं है। चाँदी को बचपन से देखता आ रहा है कासिम और उसकी वजह से ही तो करीम साहब ने चाँदबानू को तलाक दिया था। घर की बीवी घर लौट जाएगी, इसके लिए पैसे क्यों लेगा कासिम?

चाँदबानू से लतीफ साहब ने सारी बातें खोलकर कहीं। पूछा, "तेरी क्या राय है चाँदी? तू राजी है न?"

शरमाकर हँसते हुए चाँदबानू ने सिर हिला दिया। कटे हाथवाले कासिम के साथ ही चाँदबानू का निकाह हो गया।

सचमुच, ऐसे दिन के लिए न जाने कितने ही सपने देखे थे कासिम ने। कितनी ही रातें जागकर आसमान के तारों को निहारते हुए काटी थी उसने और जब सचमुच चाँदबानू उसके घर आयी, कासिम का मन हू-हू कर रो उठा। उसे लगा कि गाँवभर के लोग उसे देखकर हँस रहे हैं। वे कह रहे हैं कि कासिम ने तलाक बेच दिया है। कितना निर्लज्ज है कासिम! पैसों के लालच में करीम साहब को तलाक बेच दिया।

चेहरा ऊपर कर चाँदबानू के साथ बात करने की भी उसकी हिम्मत नहीं हो सकी। चाँदबानू भी शायद कासिम का नसीब देख मन-ही-मन हँस रही होगी। अपने मन-ही-मन ये तमाम बातें सोचते-सोचते सो गया था कासिम। अचानक आधी रात को उसकी नींद खुल गयी। कासिम चौंक उठा। पैरों पर क्या है यह, बिल्ली है क्या?

ओह! पैरों पर चेहरा रख पड़ी हुई है चाँदबानू और उसके आँसू कासिम के पैरों पर गिर रहे हैं।

धीरे-धीरे उठ बैठा कासिम। उसने आवाज लगायी, "चाँदी, ओ चाँदी!"

जोर से फफककर रो उठी चाँदबानू।

कासिम ने उसके चेहरे को एक हाथ से उठाने की कोशिश की। बोला, "क्या हुआ चाँदी, क्यों रो रही हो?"

आँसुओं से डबडबाती दोनों आँखों से चाँदबानू ने कासिम के चेहरे की ओर देखा। बोली, "बोलो, मुझे तलाक नहीं दोगे!"

कासिम ने गहरी साँस छोड़ी। बोला, "नहीं चाँदबानू, नहीं दूँगा तलाक, तुम्हें तलाक नहीं दूँगा," कहकर कासिम ने चाँदबानू को अपने सीने के पास खींच लिया। हाथ एक ही था, चाँदबानू जैसे खुद ही उसके सीने के करीब चली आयी। कासिम ने कटा हुआ हाथ चाँदबानू के सिर पर रखा। बोला, "लेकिन ऐसे में सब मुझे नमकहराम कहेंगे। अपने अब्बाजान के सामने भी नमकहराम होने को मत कहो चाँदी।"

चाँदबानू ने विस्मय से उसकी ओर देखा। कासिम की बातें जैसे उसे समझ

में नहीं आयीं। उसने क्या कभी कासिम के गोपन स्वप्नों को समझा ही नहीं या कि उसने खुद ही सपने नहीं देखे?

फिर भी कासिम बोला, ''पटवारी की बीवी होने का रूप है तुम्हारा, मेरे घर में क्या चाँद को रखा जा सकता है? तुम्हारे भले के लिए मुझे तलाक देना ही पड़ेगा चाँदी। तलाक, तलाक, तलाक...!''

खैर, गले का हार गले में पहनकर उतार दिया है कासिम ने। वह सपना तो सबसे मीठा है। उसे अपने दीवार के बक्से में बन्द कर रखने का क्या फायदा!

दरबारी

बरकाकाना जंक्शन-स्टेशन तब नया-नया त्रिवेणी बना था। एक लाइन डाल्टनगंज और डेहरी-ऑन-सोन की ओर गयी थी, दूसरी ओर की छोटामुरी, टाटा, हावड़ा की ओर। ईस्ट इण्डिया और बेंगाल-नागपुर रेलमार्ग के ज्वॉइण्ट-स्टेशन बरकाकाना से तीन नम्बरवाली वेणी, लपरा, महुआमिलन की ओर झूल गयी थी। अन्य दोनों लाइनों पर कमोबेश दिल्ली की नजर रहा करती थी, लेकिन नयीवाली लाइन का खासतौर से मालिकाना ही नहीं, मैनेजमेण्ट भी पूरी तरह कम्पनी का ही था। ए.आई.आर.सी. के निर्देशों का वहाँ पालन हो रहा है या नहीं, यह देखनेवाला कोई न था।

इसीलिए लपरा के स्टेशन-मास्टर रजनीबाबू की शिकायतों का कोई अन्त नहीं था। वे मन-ही-मन गुस्से से बड़बड़ाते, कोई सुननेवाला मिलता तो उससे कहते, ''मुकद्दर में ऐसा स्टेशन मिला है कि दिन-रात ट्रेन को बस हरी बत्ती दिखाते रहो, सिग्नल हमेशा झुका ही रहता है। दिनभर में केवल एक अप और एक डाउन रुकती है। रेल को मैं हरी बत्ती दिखाता हूँ और साली ट्रेन मेरी किस्मत की ओर देखती तक नहीं, लाल बत्ती टाँगकर सिग्नल ऊपर ही किये रहती है। ट्रांसफर या प्रोमोशन की लाइन को क्लियर ही नहीं करती।''

जो लोग सुनते, वे हँस देते। बहुत ज्यादा हुआ तो थोड़ी-बहुत तसल्ली देकर हरी झण्डी हिलाते-हिलाते सीटी बजाकर आखिरीवाले डिब्बे में कूदकर चढ़ जाते। गार्ड, ब्लॉक का एल.बी.एस. या फिर आर.एम.एस. स्टोर—इसके अलावा वहाँ आसपास कहीं भी लोग नजर नहीं आते थे कि जिनके संग बैठकर रजनीबाबू सुख-दुख की दो-चार बातें कर पाते। आराम से बैठकर उन लोगों से भी बातचीत करना सम्भव नहीं था, यदि किसी दिन ट्रेन काफी लेट नहीं आती, या फिर सामने मालगाड़ी के न होती!

लपरा में उन दिनों दिनभर में दो-चार लोग उतरा करते थे, और दो-चार पैसेंजर

ही टिकट कटवाते थे—वह भी थर्ड क्लास के टिकट। स्टेशन से डेढ़ मील दूर अस्पृश्य मुण्डा लोगों की एक छोटी-सी बस्ती थी। पैसेंजर तो दूर की बात, छपे हुए टिकट ही नहीं थे उन दिनों।

ऐसे वक्त अचानक एक दिन सेकेण्ड क्लासवाले डिब्बे में से एक पगला अँग्रेज उतरा। उसकी बातचीत सुनकर रजनीबाबू को वह पगला ही लगा था और अँग्रेज के साथ-साथ आखिरीवाले कूपे में से हिन्दी भाषा-भाषी एक छोकरा भी उतर आया।

अब पागल-जैसा लगे या जो भी हो, उसे पहली बार देखते ही रजनीबाबू का दिल काँप उठा कि कौरवों के इस राज में यह पाण्डवों का अचानक आगमन क्यों भला? किसी तरह सिर पर टोपी अटकाकर काले कोट के सीनेवाले पीतल के बटन को लगाते-लगाते रजनीबाबू वहाँ जा हाजिर हुए। एक तो अँग्रेज और ऊपर से रेलवे का कोई बड़ा अफसर है या नहीं, क्या पता!

रजनीबाबू के सलाम करते ही उस अँग्रेज ने पीले दाँत निपोरकर मुस्कुराते हुए होठों में सिगरेट दबाते-दबाते शब्दों को चबाते हुए धीमे स्वर में कहा था, ''स्टेशन मास्टर टुम है? केया नाम?''

रजनीबाबू के नाम बताते ही उस अँग्रेज ने तपाक से कहा था, ''टुम हमारा डोस्ट होगा, फ्रेण्ड, हाम आऊर टुम फ्रेण्ड।''

''यस सर, सरटेनली सर, वैरी लकी सर।'' विनम्रता में पिघलकर, खुशी से भरकर, हाथ मसलते-मसलते रजनीबाबू ने जवाब दिया था।

और उस अँग्रेज ने अपने सीने पर मोटे हाथ की एक खोखली-सी उँगली ठोकते हुए कहा था, ''हाम मैकक्लास्की हाय—हाम जोनाथन मैकक्लास्की। इस जगह को देखने आया हाम, इदर रहना माँगटा। वॉण्ट टू मेक ए नाइस लिटिल होम फॉर मी! बहुत, सो सो ब्यूटीफुल प्लेस है। फार्मिंग करेगा, आबाद करेगा।''

तब तक रजनीबाबू का डर खत्म हो चुका था, प्रसन्न मन से उन्होंने जवाब दिया था, ''वैरी गुड सर, वैरी गुड सीनरी, ब्यूटीफुल सॉइल सर।''

उन्होंने ऐसा कहा जरूर लेकिन मन-ही-मन मुस्कुरा दिये कि आदमी पूरी तरह पागल है क्या? इस पथरीली जमीन पर खेती करेगा? पूरे भारत में इसे कहीं और जगह नहीं मिली? यह है धुर सन्थाली गाँव और ये कहता है कि ब्यूटीफुल प्लेस!

इसमें उसका भी क्या दोष! रजनीबाबू ने खुद भी तो इस जगह को इसी नजर से देखा था, जिस दिन ट्रांसफर होकर वे पहली बार यहाँ आये थे, उन्हें अभी भी याद है।

दिन-दोपहर में ट्रेन के टनल में घुसते ही आधी रात का अँधेरा उतर आया था। गड़-गड़, गड़-गड़—धरती के उमड़ने-घुमड़ने-जैसी एक आवाज सुनाई दे रही

थी। उनका सारा शरीर एक नये तरह के अनुभव से सिहर उठा था। फिर उसके बाद उनकी आँखें एक बार फिर उजाले में लौट आयी थीं। दोनों ओर कटे हुए पहाड़ की दीवारें थीं, दूर तक घने जंगल का रहस्य फैला हुआ था, कुहासे में लिपटी हुई छोटी-छोटी अनगिनत पहाड़ियाँ थीं। पहाड़ों के ऊपर पहाड़ थे और थी लाल मिट्टी की दरिद्रता। रेल लाइन के पास कहीं-कहीं रेत की ढेरियों में धूप से चमकते अभ्रक के कण थे, मीलों तक खामोश मैदान और थे मौन हवाओं के गीत। रजनीबाबू को भी उस दिन यह सब रोमांचक लगा था।

पगले अँग्रेज की बातें सुन वे हँसे बगैर नहीं रह सके। मन-ही-मन बोले, 'दो दिन इन्तजार करो मियाँ, यहाँ से भागने का रास्ता ढूँढ़े नहीं मिलेगा।'

टेरिटी बाजारवाले वॉटसन से लेकर वार्ड वन रोड की मिसेस कॉर्क तक सभी ने कहा था, सिली आइडिया। और इसलिए रजनीबाबू भला क्यों नहीं हँसेंगे?

लेकिन उस पगले अँग्रेज जोनाथन मैकक्लास्की ने सचमुच एक पहाड़ की तलहटी में कुछेक बीघा जमीन खरीदकर बँगले-जैसा एक मकान बना लिया। राँची से जिन राजमिस्तरियों को लाये थे, उन्हें वहाँ जोनाथन साहब ने कुछ जमीन देने की पेशकश भी की थी, लेकिन इस निर्जन जगह पर कौन भला स्वेच्छा से निर्वासन भोगना चाहेगा! वे लोग जिस तरह आये थे, उसी तरह लौट गये। रह गये सिर्फ जोनाथन मैकक्लास्की और रजनीबाबू।

छोटा-सा स्टेशन था। मिट्टी बिछी हुई जमीन का एक लम्बा टुकड़ा प्लेटफॉर्म था। लेबल थोड़ा नीचा था, इसलिए ट्रेन के पायदान से थोड़ा कूदकर उतरना होता था। स्टेशन के बनते वक्त जो बागड़ लगायी गयी थी, फिर कभी भी उसकी मरम्मत नहीं की गयी थी। वेटिंग-रूम वगैरह का कोई पचड़ा नहीं था, वहाँ सिर्फ एक कमरा था और एक ही व्यक्ति, जोकि स्टेशन-मास्टर था। हालाँकि एक और कर्मचारी था—किशनलाल। लेकिन वह किसका मातहत था, समझना मुश्किल था। सिग्नल पोस्ट की सीढ़ियाँ चढ़कर लाइट जलाने से लेकर ट्रेन के वक्त घन-घन कर कई बार घण्टा बजाना, 'पानी पाँड़े' की पुकार सुनाई देते ही आगे बढ़कर औंधे मुँह बैठे किसी देहाती यात्री की अँजुरी में पानी डालना—बस, इसके बाद दिनभर स्टेशन के पीछे ही रजनीबाबू के क्वार्टर में मसाले पीसने से शुरू कर पैर दबाने तक उसके कामों का सिलसिला चलता रहता। किशनलाल की माँ रजनीबाबू के यहाँ बर्तन माँजने का काम किया करती थी। मरते वक्त उसने सात साल के किशनलाल को रजनीबाबू के हाथों में भले सौंपा न हो, लेकिन उसे उनके चरणों में जगह देने का अनुरोध अवश्य किया था। तभी से वह रजनीबाबू का संगी, दोस्त, नौकर और उपदेशक बना हुआ है।

स्टेशनवाले कमरे में टेलिग्राफी की मशीन पर उँगली सटाये बीच-बीच में

खट-खट करना और किशनलाल के संग गपशप करना—उस दिन भी इसी तरह उन दोनों की बातचीत चल रही थी। बातचीत जोनाथन को लेकर चल रही थी। ठीक उसी वक्त मैकक्लास्की खुद वहाँ आ धमके। उनका पूरा शरीर भीग गया था। उनके लाल-से माथे पर बालों का एक गुच्छा ब्रैकेट की तरह लिपटा हुआ था। उनके तलुए और पैण्ट की मोहरी कीचड़ में सनकर गन्दे हो गये थे।

मैकक्लास्की को देखकर रजनीबाबू को होश आया कि बाहर तेज बारिश हो रही है। पहाड़ी स्थलों की बारिश जब शुरू होती है तो लगता है, आसमान चीरकर बाढ़ को आवाज दे रही है और थोड़ी देर बाद तेज धूप भी निकल आती। घर से निकलने के बाद बीच राह में शायद बारिश शुरू हुई होगी, रजनीबाबू ने सोचा।

वे जैसे बैठे थे, वैसे ही बैठे-बैठे मुस्कुराते हुए बोले, ''यह क्या हाल हो गया साब? आप बरसाती लेकर नहीं निकले?''

''डिस इज रेन बाठ। पानी में असनान किया।'' पीली बत्तीसी दिखाते हुए मुसकराये जोनाथन। फिर वे एक स्टूल खींचकर बैठ गये।

रजनीबाबू बोले, ''बैठो साहब, बैठो। बारिश रुक जाए तो मैं आपको चाय पिलवाता हूँ।''

''टी? नो।'' आँख दबाकर इशारा करते हुए वे बोले, ''...पिएगा आज।''

''जरूर! एक दिन महुए की दारू पीकर ही बार-बार पीने की लत लग गयी?''

''नहीं, नहीं, रजनीबाबू।'' जोनाथन ने कई बार सिर हिलाया। ''नॉट वाइन। आई लाइक डैट विलेज। उन लोगों का नाच और गाना चार्मिंग है, आई लाइक डेयर डांस एण्ड म्यूजिक—डम डम डम डम...'' अपने समूचे शरीर को हिलाते हुए काल्पनिक ढोलक बजाने की कवायद करने लगे जोनाथन।

रजनीबाबू ने मन-ही-मन सोचा, 'हाय रे! ये पट्ठा अँग्रेज है! बीवी-बच्चे हैं नहीं, सुनसान मैदान में आकर इसने मकान बनवाया, दिन-रात मुण्डाओं के अड्डों पर पड़ा रहना चाहता है, दारू पीकर ठुमक-ठुमककर उन लोगों के संग नाचता है। लाज-शर्म, आत्म-सम्मान का बोध जरा-सा भी नहीं है इसमें, ये पट्ठा अँग्रेज है!'

वे बोले, ''तुम ठहरे अँग्रेज आदमी। तुम्हारा उनके संग मेल-मिलाप क्या ठीक बात है?''

''क्यूँ नहीं?'' जोनाथन तमतमा गये। ''हाम भी नेटिव हो जाएगा। लिखेगा हाम, आई विल राइट बुक्स अबाउट डेम। उनसे मिलेगा नहीं टो लिखेगा कैसे?''

इसका कोई जवाब न देकर रजनीबाबू एक बार फिर टेलिग्राफ मशीन पर खट-खट करने लगे। 'किताब लिखेंगे। किताब तो आप लिखेंगे, लेकिन मुझे यह तो

बताइए कि आप-जैसे पागल का लिखा हुआ पढ़ेगा कौन?' रजनीबाबू ने यह सब सोचा, लेकिन इसे कहने की हिम्मत नहीं हुई। वैसे ही तो वे तमतमा उठे हैं।

थोड़ी देर चुप रहने के बाद वे किशनलाल से बोले, "देख तो बारिश रुकी कि नहीं? साब के लिए थोड़ी चाय बना ला।"

बारिश रुक गयी थी। पहाड़ी इलाके में जिस तरह तेजी से बारिश आती है, ठीक उसी तरह जल्दी ही रुक भी जाती है। किशनलाल बाहर झाँककर लौट आया।

"दो कप ना?"

"हूँ।" कॉपी में लिखते-लिखते रजनीबाबू ने जवाब दिया।

किशनलाल के वहाँ से जाते ही जोनाथन रजनीबाबू की बाजू में जा बैठे।

"चलोगे रजनीबाबू?"

रजनीबाबू ने चेहरा ऊपर कर गर्दन हिलायी, "नहीं। तुम भी मत जाना साहब।"

"क्यूँ?"

"उन लोगों में से कुछ नाराज हो रहे थे। वे ठहरे मुण्डा और तुम अँग्रेज। उन लोगों की लड़कियों के संग हँसी-मजाक करते हो..."

"बट आई विल मैरी हर। हाम टो शाडी करना माँगटा।"

"तुम तो शादी करना चाहते हो, लेकिन शनीचरी के बाप को अगर यह बात पता चल गयी तो फरसे के एक ही वार से तुम्हारा सिर उड़ा देगा।"

"ओ नो-नो रजनीबाबू।" जोनाथन मुस्कुराये, "सोनिया टू लव्ज मी।"

"कर लो प्यार! प्रेम!" रजनीबाबू ने इस मुद्दे को और नहीं खींचा। मुण्डा लड़की को प्रेम करने के लिए कोई और आदमी नहीं मिला, पगले अँग्रेज से प्यार कर बैठी! यह भी सम्भव है, पैसा लुटाने पर क्या नहीं होता! लेकिन इस आदमी की पसन्द की बलिहारी है। ले-देकर आखिरकार एक बेहद काली सन्थाली लड़की को...।

रजनीबाबू का हिसाब-किताब गलत साबित हो गया। जोनाथन सचमुच एक दिन सोनिया से ब्याह रचा बैठे, बिलकुल आदिवासियों के रिवाज के मुताबिक। मुण्डा सरदार ने पहले-पहल थोड़ा एतराज जताने की कोशिश की थी। वंश का कोई मेल नहीं, नाम-गोत्र तो दूर की बात, वह एक भिन्न देश, भिन्न जात का आदमी था, उसके साथ घोटुल की कुँवारी लड़की सोनिया की शादी! क्यों? युवाओं के घोटुल में जो नाबालिग लड़के सोने के लिए छटपटाते रहते हैं, उनमें से भी किसी एक को नहीं चुन सकी सोनिया? जंगल साफ करने के लिए जब आग लगायी जाती है, तब उसमें भी कूद सकती थी लड़की।

सिल्ली, तमार, बुन्तू, बरन्तु, राहे—इन पाँच परगनाओं के सरदार कदम छत्री

के अखाड़े में जाकर सरदार फरमान लाये कि घोटुल के कमरे में गाँव की सारी कुँवारी लड़कियों के संग रात बिताना जिसका धरम है, वह जब खुद अपना आत्मसम्मान बरकरार नहीं रख सकी, तब कर ले वह ब्याह। पट्टी-पीठे के मुण्डा लोग उस अँग्रेज के यहाँ काम करने क्यों जाएँगे भला!

खैर, मन्ता त्योहार के कुछ सप्ताह पहले ही यह शादी निर्विघ्न सम्पन्न हो गयी। पूरी बस्ती महुए की शराब से सराबोर हो उठी। बस्ती के जवान लड़के तीन दिनों तक नशे में डूबे रहे। लेकिन क्या सिर्फ लड़के? लड़कियाँ भी जूड़े में पलाश खोंसकर सिर पर मटकियाँ लेकर नाचीं, नशे में डूबीं। टांगराटोली और मोहराबादी से कुछेक मृधा डोम भी आये थे, हँड़िया पीकर उनके भी होठ तर हो गये। जाति-वर्ग को लेकर जो एतराज था, उसका किसी ने जिक्र तक नहीं किया।

जोनाथन मैकक्लास्की बोले, "और पियो। बकरा ले आओ, हाम सबको गोश्ट-रोटी खिलाएगा। मन्टा ट्योहार का सब खर्चा हाम डेगा।"

जोनाथन रजनीबाबू को न्योता दे आये। और देश-विदेश में जहाँ जितने भी आत्मीय-स्वजन दोस्त वगैरह थे, उनको उन्होंने चिट्ठी लिखी कि मैंने अचानक शादी कर ली है, मिसेस मैकक्लासकी से मिलना हो तो अगली ट्रेन से लपरा चले आएँ।

चिट्ठियाँ बहुत सारी डाली थीं, लेकिन आये केवल दो परिवार। राँची के छोटे गिरजाघर के पादरी ब्राउन, जो घुटनों तक लम्बा काला गाउन पहने थे, उनके हाथ में एक पुरानी जिल्दवाली बाइबल थी, आँखों पर मोटे लेंस का चश्मा चढ़ा हुआ था। प्लेटफॉर्म पर इधर-उधर नजर दौड़ाते हुए वे गाड़ी से उतरे। एक अन्य डिब्बे से एक अधेड़ महिला मिसेज कैसल उतरीं, साथ में थी अठारह वसन्त पार की हुई फ्लोरा और हाफ पैण्ट पहने हुए दो लड़के।

दोनों परिवार इधर-उधर निगाहें दौड़ा परेशान हो एक-दूसरे की ओर बढ़े।

"मिस्टर मैकक्लास्की का मकान किधर है, बता सकते हैं?"

फिर दोनों को समझ में आ गया कि वे वहाँ नये हैं। और इसीलिए उन्हें लगा कि स्टेशन की ओर बढ़ने के अलावा कोई और गन्तव्य नहीं है।

रजनीबाबू को सामने देख अधेड़ अँग्रेज महिला बोलीं, "मिस्टर मैकक्लास्की ने मेरे लिए गाड़ी जरूर भेजी होगी?"

'पगला अँग्रेज', 'पगला अँग्रेज' बोल-बोलकर रजनीबाबू असली नाम भूल ही गये थे, इसीलिए पहली बार में वे चौंक गये। थोड़ी देर में बात समझकर वे बोले, "नहीं, गाड़ी तो नहीं भिजवायी।"

"दैन? हाउ फार इज इट...टू माइल्स?" पादरी ब्राउन ने दबे गुस्से के साथ विस्मय प्रकट किया।

मिसेज कैसल और साफ शब्दों में बोलीं, ''गाड़ी बुलवाने के लिए किसी आदमी को भेजो। कार नहीं भेजी तो मैं एक कदम भी आगे नहीं बढ़ सकूँगी।''

रजनीबाबू ने उनकी बात पर तवज्जो देते हुए किशनलाल से कहा कि वह उन लोगों को सूचित कर दे और फिर वे मन-ही-मन हँस दिये। गाड़ी ही आएगी। शहर की पक्की सड़कों की आदत है न। तुम्हारा मैकक्लास्की जिला मजिस्ट्रेट-जैसा विलायती साहब नहीं रहा अब, यह तो तुम लोगों को पता ही नहीं।

खैर, इस बात के खुलासे में ज्यादा समय नहीं लगा। वे लोग एक घण्टे तक स्टेशनवाले कमरे में बैठे-बैठे पसीने से भीगते रहे। अठारह वसन्तवाली लड़की की छाती के पंख पसीने से भीग गये, वह हर एक मिनट बाद वैनिटी पर्स में से छोटा आइना निकालकर अपना चेहरा देखती रही, पाउडर लगाती रही, होठों को रँगती रही बार-बार, अधीर हो वह रह-रहकर चहलकदमी करने लगी। दोनों बच्चे कुएँ के पासवाले अमरूद के पेड़ पर चढ़कर उछल-कूद करते रहे। फिर एक वक्त किशनलाल ने लौटकर सूचना दी कि साहब गाड़ी ले आये हैं।

पादरी ब्राउन और मिसेज कैसल तेजी से बाहर निकल आये। और जैसे ही उन्हें जोनाथन नजर आये, विस्मय और घृणा से त्योरियाँ चढ़ाकर मिसेज कैसल ने कहा, ''ऑफुल।''

पादरी ब्राउन बोले, ''अगली ट्रेन कब है? मैं अभी लौट जाऊँगा।''

लेकिन 'लौट जाऊँगा' कहने-भर से लौटा नहीं जा सकता। ट्रेन तो शाम को है।

बैलगाड़ी हाँकते-हाँकते उनके सामने आकर कूदकर उतरे जोनाथन। उघाड़े बदन, बालों से भरी चौड़ी छाती, गर्मी की वजह से उनका सारा शरीर लाल हो उठा था, माथे पर पसीने की बूँदें। गाड़ी हाँकने की लकड़ी पैरों पर ठोंकते-ठोंकते जोनाथन बोले, ''जाना चाहटे हो तो शाम को जाना, अभी टो चलो, मैं टुम लोगों के लिए गाड़ी लाया हूँ। इसके अलावा मिसेस मैकक्लास्की से मुलाकाट नहीं करनी?''

मिसेस मैकक्लास्की के साथ उन लोगों की मुलाकात की इच्छा नहीं थी। फिर भी उन्हें बैलगाड़ी में ठसकर बैठना पड़ा।

पादरी ब्राउन दाँत पीसकर बोले, ''नास्टी अफेयर।''

मिसेज कैसल एक बार फिर बोलीं, ''ऑफुल।''

अठारह वसन्तवाली नवयौवना फ्लोरा कौतुक और आनन्द के साथ बोल उठी, ''हाउ नाइस!''

दोनों बच्चे हँसते-हँसते लोट-पोट हो गये, ''सो फनी। इजण्ट इट ममी?''

रजनीबाबू ने ब्लैंक टिकट की गड्डी निकाल रखी थी, बिके हुए टिकटों के

हिसाबवाला चार्ट भी। डर था कि समय पर जल्दबाजी की वजह से ये चीजें नहीं मिलीं तो? बुड्ढे-बुढ़िया लोग शाम की ट्रेन से भागेंगे, इस बात में उन्हें किसी तरह का सन्देह नहीं था। बैलगाड़ी और जोनाथन को उघाड़े बदन देखकर ही जो स्तब्ध हो गये थे, तंग कपड़ों से आधा बदन ढँके काली चमड़ीवाली मिसेज मैकक्लास्की को देखकर उनकी क्या हालत होनी थी, इसकी कल्पना भी मुश्किल है। लेकिन कहाँ हैं वे लोग? शाम की ट्रेन छूट गयी लेकिन कोई भी नहीं आया। सन्ध्या-रात का कौतुक विस्मय का चाँद रजनीबाबू के मन में तहकीकात की सुबह के रूप में दिखाई दिया। रात कट गयी, सुबह हुई। फिर भी उन लोगों की कोई खबर नहीं—न तो पादरी साहब, न मिसेज कैसल की ही। दोनों बच्चे 'सो फनी' काली लड़की के आँचल में तो नहीं उलझ गये? या कि वे मुण्डाओं की ब्लैक लेडी के व्यवहार से मुग्ध हो गये?

लेडी? रजनीबाबू मन-ही-मन मुस्कुरा दिये। उन्हें याद आया कि बहुत पहले कभी एक बार रेल के एक फिरंगी साहब ने उन्हें अँग्रेजी भाषा सिखायी थी। ट्रेन की बोगियाँ दिखाकर उसने कहा था कि फर्स्ट और सेकण्ड क्लास में महिलाओं के कूपे के बाहर लिखा रहता है 'लेडीज'। आखिरी बोगी में 'वूमन' और थर्ड क्लास में सिर्फ 'फीमेल'।

और बुड्ढे-बुढ़िया को रोके रखने का कौशल उसी फीमेल का है या नहीं, जानने के उद्देश्य से सुबह एक गिलास चाय पीकर रजनीबाबू निकल पड़े और पगले अँग्रेज साहब के बँगले पर जा पहुँचे।

गेट के सामने ही मुलाकात हो गयी। जोनाथन गुलाब के पौधों की जड़ों में सड़ी हुई पूँठी मछली की खाद डाल रहे थे।

"क्या बात है? कहाँ हैं दोस्त लोग?" रजनीबाबू ने पूछा।

आँख दबाकर मुस्कुरा दिये जोनाथन। "सो रहा है! स्लीपिंग, बोथ ऑफ डेम।...कम इन, लेट अस हैव टी," कहकर वे आगे बढ़ गये और रजनीबाबू ने उनके पीछे जाते-जाते देखा कि फ्लोरा और दोनों बच्चे उस तरफ बाड़े में तितली पकड़ने की कोशिश में हँस-हँसकर लोट-पोट हो रहे हैं।

बाहर के बरामदे में बैठकर पगले साहब ने दबी हँसी हँसते हुए विदेशी लेबलवाली बोतल दिखायी। "टीन बोतल पिया, टू ऑफ डेम..." कहकर ही उन्होंने बोतल का ढक्कन खोला और एक दबी हुई बदबू ने आकर रजनीबाबू को अहसास करा दिया कि देसी को ही नयी विदेशी कहकर निपटाया जा रहा है।

स्टेशन वाले कमरे में टेलिग्राफ मशीन पर खट-खट करते हुए यह बात रजनीबाबू ने किशनलाल को बतायी, "उस बुड्ढे और बुढ़िया को यहाँ मजा आने लगा है। लगता है, वे यहीं रह जानेवाले हैं।"

और वे सचमुच रह ही गये, इसका सबूत भी मिल गया।

मुण्डा कबीले का सरदार मन्ता त्योहार का न्योता देने आया तो बता गया कि अँग्रेज लोग भी त्योहार देखने जाएँगे।

और इसलिए मन्ता के दिन जब एक बच्चे ने आकर बताया कि पगले साहब ने सलाम भेजा है, उनके घर से चाय पर बुलावा है, रजनीबाबू चिन्तित होकर बोले, "कहीं कोई भारी गड़बड़ी न हो जाए, समझे किशनलाल?"

और इसी डर से नहीं जाने की सोचकर भी उन्हें जाना पड़ा।

लेकिन जाकर उन्हें पता चला कि ब्राउन और कैसल के मन में अभी भी दुविधा है। चाय खत्म होने के बाद जोनाथन बोले, "तो फिर चलें?"

काला गाउन पहने पादरी ब्राउन अचानक उत्तेजित हो कुर्सी छोड़कर खड़े हो गये, "नहीं, कभी नहीं। इनका त्योहार देखने जाएगा एक सच्चा ईसाई?"

मिसेज कैसल बोलीं, "मैंने सुना है कि नेटिवों के शरीरों से आती बदबू की वजह से नाक पर रूमाल रखना पड़ता है।"

रूपवती फ्लोरा, युवा जिस्म की रेखाएँ उभरीं कि नहीं, तिरछी निगाहों से देखकर स्कर्ट की पटलियों को गोरी हथेलियों की उलटी ओर से घिस-घिसकर मुलायम करने लगी। फिर थोड़ी संवेदना की हँसी चेहरे पर लाकर उसने पादरी की निगाहों से निगाहें मिलायीं। "उनका क्या दोष, आहा, बेचारों को किसी ने सिविलाइज्ड करने की कोशिश ही नहीं की।"

और इसलिए सभी लोग जोनाथन के साथ मन्ता त्योहार देखने जाने के लिए राजी हो गये। पीछे-पीछे रजनीबाबू भी आये और उनके साथ-साथ सोनिया भी चलती रही। तिरछी निगाहों से सोनिया के चेहरे की ओर देखकर रजनीबाबू को लगा कि फ्लोरा की मौजूदगी से मानो वह जहाँ एक ओर शंकित हो उठी है, वहीं दूसरी ओर ईर्ष्या से भी ग्रस्त हो गयी है।

लेकिन अपने मन की दुश्चिन्ता ज्यादा देर तक छिपाये नहीं रख सकी सोनिया। उसने पूछ ही लिया, "वह लड़की कौन है?"

रजनीबाबू ने मुस्कुराते हुए कहा, "तेरी सौत है शायद!"

सोनिया उनकी बात नहीं समझ सकी। उसने सोचा, वे शायद कोई मजाक कर रहे हैं और इसीलिए अपने सारे शरीर को झटका देती हुई वह खिलखिलाकर हँस पड़ी। फिर त्योहार वाले मैदान में पण्डों की भीड़ देख बोली, "ओ रे, ये तो रामायत गोसाईं हैं! बाबू लोग, आप और आगे मत जाओ, आप उनको यहीं से देखने को कहो।"

सही बात थी, थोड़ा और आगे जाते तो शायद दंगा हो जाता। जल्दी से पीछे से रजनीबाबू ने जोनाथन को रुकने के लिए कहा।

सब लोग वहीं रुक गये।

मन्ता के मैदान में चारों ओर की बस्तियों से त्योहार मनानेवालों के झुण्ड आ चुके थे। झुण्ड के लोगों के हाथों में झण्डे थे, जिन पर एक विचित्र किस्म का निशान बना हुआ था। रजनीबाबू को याद आया कि एक बार दो दलों के झण्डों पर एक-से निशान की वजह से कितना खूनखराबा हुआ था। उन्होंने यह बात पादरी को समझा दी।

उनकी गलत अँग्रेजी और दोषपूर्ण उच्चारण को सुन फ्लोरा चेहरा छिपाकर हँस पड़ी।

मैदान के एक कोने में महादेव का स्थान था। वहाँ से असंख्य कीलोंवाला लकड़ी का एक पाटा सिर पर भक्तिभाव से धारण कर श्रद्धालु लोग ले आये। सोनिया दोनों हाथों को जोड़कर सीने से टिका जमीन पर झुककर प्रणाम करती हुई बोली, "फारती।" अर्थात् पार्वती।

मैदान के बीच से महादेव के स्थान तक श्रद्धालु अचानक लाइन लगाकर, सिर झुकाकर बैठ गये और रामायत गोसाईं जमीन को स्पर्श किये बगैर पण्डों के कन्धों पर पैर रखते हुए स्थान तक जा पहुँचे।

यह देखकर पादरी ब्राउन बोल पड़े, "हॉरिबल!"

मिसेज कैसल बोलीं, "इनह्यूमन!"

फ्लोरा ने कहा, "हाउ स्पोर्टिंग!"

दोनों बच्चे आँखें बड़ी-बड़ी करते हुए बोले, "इण्डियन सर्कस।"

लेकिन इसके बाद भी उत्तेजित करनेवाला दृश्य था, पादरी ब्राउन को यह मालूम नहीं था।

'कन्धाइया' की समाप्ति के बाद 'फूलकुदना' शुरू होते-होते रात गहरा गयी। काफी बड़ी जगह पर लकड़ी का कोयला जलाया गया था, चारों ओर श्रद्धालुओं ने सूप से हवा करते-करते आग को तेज किया। फिर गोसाईं जी ने आगे आकर मन्त्र-पाठ किया। फिर अभी-अभी नहाये श्रद्धालु भीगे कपड़ों में एक लाइन में आग के पास खड़े हो गये। फिर एक-एक करके वे उन अंगारों पर से पैदल चलकर पार हो गये। पादरी ब्राउन और मिसेज कैसल स्तब्ध रह गये। फ्लोरा सिहर उठी और जोनाथन के पास जाकर खड़ी हो गयी। डर के मारे दोनों बच्चे चीखने लगे।

श्रद्धालुओं की बारी खत्म हुई। अब भीगे कपड़ों में सोक्थाइन लड़कियों ने अंगारों पर चलना प्रारम्भ किया। पादरी ब्राउन बोले, "आई मस्ट सी। आग सचमुच है भी कि नहीं और उनके पैरों में फफोले पड़े हैं कि नहीं।"

उनका सन्देह दूर हो गया। आग सचमुच की थी और सच में उनके पैरों में कोई फफोला नहीं पड़ा था।

'फूलकुदना' के बाद सरदार के सामने नृत्य-गीत शुरू हुए। उद्दाम ढोल बज

उठे, बाँस की बाँसुरी चीख उठी। मुखौटा-नृत्य शुरू हुआ। लेकिन पादरी ब्राउन का मन उसमें नहीं लग सका।

घर लौटते हुए वे बार-बार बोले, "आई मस्ट ब्रिंग लाइट टू डेम। इन सब अनपढ़ आदिवासियों को मैं अँधेरे में से उजाले में लाना चाहता हूँ।"

कुछ महीनों के बाद ही लपरा में एक छोटा-सा गिरजाघर बनकर तैयार हो गया और गिरजे की वेदी पर खड़े होकर पहले सम्स-पाठ के दिन पटना से मिसेज कैसल, फ्लोरा और दोनों बच्चों के साथ एक बार फिर आयीं। मिस्टर कैसल की अचानक दुर्घटना में मौत के बाद से उनके जीवन में वैराग्य छा गया था, इसलिए उन्होंने जीसस के चरणों में स्वयं को समर्पित कर दिया। हाड़-मांस के जीसस तो उपस्थित नहीं हो सके, इसलिए उन्होंने पादरी ब्राउन के चरणों में ही शरण ले ली।

जोनाथन ने मुस्कुराते हुए रजनीबाबू को यह खबर सुनायी। बोले, "चरणों में नहीं, डिल में। ब्राउन के डिल में अपने-आपको समर्पिट किया है मिसेज कैसल ने।"

रजनीबाबू को मामले की गहराई तब समझ में आयी, जब मिसेज कैसल ने आकर अनुरोध किया कि वे उन्हें थोड़ी-बहुत जमीन कहीं देखकर दिलवा दें। वे जिन्दगी के बाकी बचे हुए दिन यहीं बिताना चाहती हैं।

मुण्डाओं के लिए एक मिशनरी स्कूल भी खुल गया। कुछेक ऐंग्लो मास्टरनियाँ भी आ गयीं।

फिर एक-एक पहाड़ी की तलहटी में बँगले बनने लगे—इन्स्टीट्यूट, रेस्ट-हाउस, दुकानें...। धीरे-धीरे लपरा का देहाती अंचल कुछेक वर्षों में अच्छे-खासे ऐंग्लो-इण्डियन कॉलोनी में तबदील हो गया। कॉलोनी का एक दफ्तर भी खुला। जिन्दगी-भर नौकरी करने के बाद बड़े साहब लोग अवकाश के बाद शेष जीवन बिताने के लिए लपरा की जमीन पर मकान बनवाने लगे।

उत्तम सिंग शराब की दुकान का लाइसेंस ले आया, ठेकेदार बूधन तिवारी ने अपने घर के पास ही एक मन्दिर बनवाया, लपरा स्टेशन पर रजनीबाबू को एक और सहकर्मी ए.एस.एम. मिल गया—दफ्तर के सेक्रेटरी के रूप में आये अमिय गुप्त और डॉक्टर हिमांशु राय। मुण्डाओं और अँग्रेजों का यह एक समुदाय बन गया।

लेकिन क्या इससे जोनाथन खुश हुए? उन्हें फिर किसी ने पागल नहीं माना, मन में भले जो भी रहा हो लेकिन मुण्डा लड़की मिसेस मैकक्लास्की को देख किसी ने प्रत्यक्ष रूप से नाक-भौं नहीं सिकोड़ी। बड़े बेटे मैक और जवान लड़की क्लारा के देशी नामकरण पर भी किसी ने कोई आपत्ति नहीं जतायी। यहाँ तक कि इस उपनगर के संस्थापक के रूप में उनको लोग सम्मान और श्रद्धा की नजरों से देखने लगे। कॉलोनी के प्रेसिडेण्ट से लेकर बपतिस्मा होनेवाले बच्चे के गॉडफादर बनने के लिए लोग उनसे ही अनुरोध करने लगे।

फिर भी जोनाथन असन्तोष-भरा चेहरा लिये एक दिन बोले, "हामारा मिशन बरबाड हो गया रजनीबाबू।"

"ये क्या मिस्टर मैकक्लास्की!" रजनीबाबू भी शंकित भाव से बात करने लगे थे, इसलिए बोले, "आपका मिशन ही तो साकार हुआ है मिस्टर मैकक्लास्की। आपने एक इतने बड़े शहर का निर्माण किया है। एक समय था जब वे लोग आपको बैलगाड़ी हाँकते देख हँसा करते थे, और आज रास्तों पर अँग्रेज साहब लोग बैलगाड़ी से आते-जाते हैं, नंगे बदन जमीन जोत रहे हैं, खेती कर रहे हैं, यहाँ तक कि शृंगार करना ही अब तक जिनका काम था, वे सब मिस, मेमसाब लोग भी खेतों में जाकर बीज बो रही हैं।"

जोनाथन मुस्कुराते हुए बोले, "हामारा मिशन टो ये नहीं ठा रजनीबाबू। आई एडमायर डि मुण्डाज सोशल सिस्टम। हम भी मुण्डा होना माँगटा था। इटना बड़ा किटाब लिखा है, आई हैव रिटेन अबाउट डेम।"

"लेकिन मुण्डा लोग तो ईसाई बन गये मिस्टर मैकक्लास्की।"

जोनाथन ने आक्षेप के भाव से कहा, "वही टो बोलटा। आई हैव बीन डिफिटेड। और हमारा कॉलोनी का लोग इण्डियन नहीं हुआ। डे हैव जस्ट इम्पोर्टेड ए ब्रिटिश विलेज हियर इन इण्डिया।"

रजनीबाबू ने सान्त्वना देते हुए कहा, "इससे क्या हुआ मिस्टर मैकक्लास्की, मुण्डा लोग सिविलाइज्ड हो रहे हैं, यह तो अच्छी बात है।"

"सिविलाइज्ड? डॉक्टर रॉय मे टेल यू। डिजीज, इम्मॉरैलिटी, इनसेस्ट[1]...यही तो कैरेक्टर है कॉलोनी के लोगों का। दे आर क्रिश्चियन्स ओनली इन नेम...डीज ऐंग्लो-इण्डियन्स। ए लोग मुण्डा लोगों को सिविलाइज्ड करना माँगता?" माथे पर हाथ रखकर टेबल पर झुक पड़े जोनाथन। "रेवरेण्ड ब्राउन (पादरी) सेज, आई हैव इनसल्टेड क्रिश्चियनिटी।" थोड़ी देर बाद चेहरा ऊपर उठाकर वे बोले, "एण्ड माई सन इज विठ दोज ह्वाइट-स्किन बैजर्स (बिज्जू)। मुण्डा लोगों को भगाना माँगटा वो।"

रजनीबाबू विस्मित हुए, "ये क्या मिस्टर मैकक्लास्की! उसकी माँ भी तो मुण्डा है!"

"सेज, ही हेट्स हिज मदर।"

रजनीबाबू चकित हो गये। ऐसी बात इस भारतवर्ष में कभी किसी ने सुनी है क्या? बेटा माँ से घृणा करता है? ऐसा भी सम्भव है क्या? जोनाथन की बात से रजनीबाबू आहत हुए। उन्हें लगा, मानो यह उनके देश का अपमान है। मुण्डा माँ का बेटा है मैक! इतने दिनों तक रजनीबाबू अपने समुदाय को सबसे अलग माना

1. अगम्यागमन

करते थे। उन्हें लगता था, मानो मुण्डा किसी और ही पृथ्वी के लोग हैं, जैसे वे इन ऐंग्लो-इण्डियन लोगों को किसी और जगत का मानते थे। तमाम मेल-मिलाप, भद्रता, आचार-व्यवहार के बावजूद उनका उन लोगों के साथ आत्मा का मेल नहीं था। लेकिन आज अचानक वे सचेत हो गये, सबकुछ जानकर वे किसी अदेखे पल से अपने-आपको मुण्डा लोगों के समुदाय का ही मानने लगे। मुण्डा माँ का अपमान उन्हें आज मानो अपनी माँ का अपमान लगा।

एक दिन जब मैक मिला तो उन्होंने उसे झिड़कते हुए कहा, "खूब अँग्रेज बन गया है छोकरा, मैंने सुना है कि तूने..."

मैक पहले-पहल चौंक गया। वह कुछ बोल नहीं सका। फिर मामला समझ आने के बाद उसने अपना सिर झुका लिया। रजनीबाबू ने बखूबी महसूस किया कि उस लड़के की आँखें छलछला उठी हैं।

वे बोले, "हुआ क्या है, बता तो?"

ऐसा कुछ भी नहीं या फिर बहुत कुछ। वह जिस तरह मुण्डाओं से मेल-मिलाप करता था, उन्हें अपना मानता था, वैसे ही गोरी चमड़ीवालों को भी सदा से अपना दोस्त मानता रहा था। उसके भूरे रंग की वजह से किसी ने कभी किसी तरह का एतराज नहीं जताया था; बल्कि हर फंक्शन-फेस्टिवल में सब लोग उसके सहयोग की ही कामना करते रहे हैं। और इसी बीच जाने कब और कैसे वह मिस्टर हॉगिन्स की बेटी ईवा से प्यार कर बैठा। उसकी बाँहों के घेरे में ईवा ने कभी भी किसी तरह की कुण्ठा महसूस नहीं की, निर्जन पहाड़ी नदी के किनारे घण्टों बैठे कितनी ही इधर-उधर की बातें करते हुए उनका समय बीता, लेकिन कभी ईवा के चेहरे की हँसी धूमिल नहीं हुई थी।

उसी ईवा हॉगिन्स ने उसे ठुकरा दिया। उसके प्यार को ठुकरा दिया कि कॉलोनी के लोगों के मजाक और व्यंग्य को सहते-सहते वह जिन्दा नहीं रह सकती। इसके अलावा पादरी ब्राउन इस शादी से सहमत नहीं हैं।

"उस दिन मेरा दिमाग ठीक नहीं था रजनीबाबू। उस दिन जो मुँह में आया, मैंने माँ से कह दिया। मुझे लगा कि सारा दोष उन्हीं का है। मैंने सुना है कि मुण्डा बस्तियों में भी यह खबर फैल गयी है।"

मुण्डा बस्ती में भी पहुँच गयी है यह खबर? इसीलिए क्या आग जलाकर हर रात वे लोग सलाह-मशविरा करते रहते हैं? रह-रहकर उद्दाम आवेग में ढोल बज उठते हैं—ढम-ढम-ढम-ढम और शिकार की चीखें सुनाई देती हैं हर रोज, वह क्या इसी वजह से है? रजनीबाबू को अचानक ध्यान आया कि वाकई आजकल मुण्डा लोग तीर-धनुष लेकर जाना-आना करने लगे हैं। लेकिन क्यों? किस पर गुस्सा हैं वे? मैक या फिर ऐंग्लो-इण्डियन लोगों पर?

इतने दिनों तक निर्विकार थे रजनीबाबू, उनकी आँखों के सामने ही लपरा स्टेशन का स्टॉपेज आधे मिनट से बढ़कर सत्रह मिनट हुआ था, एक इतना बड़ा टाउन बना था। लेकिन शायद इतने दिनों में सबकुछ टूट रहा है। नष्ट हो रहा है सबकुछ। उन्होंने खुद ही तो पिटिशन पर पिटिशन लगाकर ट्रेन के रुकने का समय बढ़वाया था। वेटिंग रूम बनवाने के लिए बाध्य किया था, बिजली की व्यवस्था करवायी थी। यह सब क्या खत्म हो जाएगा?

रजनीबाबू ने उसी रात मुण्डा सरदार से मुलाकात की। लेकिन कोई समाधान नहीं निकला। वे पुरुषों के घोटुल में गये। जहाँ सब सोते हैं, वहाँ शोरगुल शुरू हो चुका था और शराब की गन्ध से पूरा कमरा भर उठा था।

रजनीबाबू ने आवाज लगायी, ''सरदार!''

सरदार ने रक्तिम आँखों से रजनीबाबू की ओर मुड़कर देखा। फिर वह आगे आकर बोला, ''तू मना मत करना मास्टर बाबू। तू इश्टेशन पर ही रहना। हम लोग उन सफेद चमड़ीवालों को काटकर साफ कर डालेंगे। पगले साहब के चेहरे पर थूका है उन लोगों ने!''

रजनीबाबू ने समझाने की कोशिश की, ''छिः-छिः, ऐसा मत कर सरदार! वे लोग राजा जात हैं, उनको मारने पर तुम लोगों को ही नुकसान होगा।''

''होने दो।'' सरदार ने गर्दन तिरछी की। ''होने दो नुकसान। उन लोगों ने सोनिया के बेटे के चेहरे पर थूका है। हम लोग उनको काटकर साफ कर देंगे। लक्ष्मी-पूजन के दिन मुर्गे की बलि देकर उन लोगों को साफ कर देंगे।''

रजनीबाबू बार-बार उन्हें समझाने की कोशिश कर अन्ततः हारकर लौट आये।

कॉलोनी में भी तब शोरगुल शुरू हो गया था। सब लोग देख रहे थे कि बन्दूकें ठीक हैं कि नहीं, कारतूसों की कमी तो नहीं होगी। घर-घर में खिड़की-दरवाजों के शीशे हटाकर वहाँ लकड़ी ठोंकने का काम शुरू हो चुका था। दोनों ही पक्ष उत्तेजित हो उठे थे।

रजनीबाबू ने पादरी ब्राउन से खुशामद की कि आप बचा सकते हैं, आप इस हंगामे को रोकिए। मुण्डा लोग भी ईसाई हैं और ये लोग भी—दोनों पक्षों को रोकिए आप।

पादरी ब्राउन मुस्कुराये, ''दि मुण्डाज आर क्रिश्चियन्स ऑनली इन नेम। इसके अलावा कॉलोनी के लोगों के खिलाफ उनकी कम्प्लेण्ट क्या है? ईवा हॉगिन्स मैक से शादी नहीं करना चाहती, इससे उनको क्या? दरअसल मैकक्लास्की ने उन लोगों को भड़काया है।''

''ईवा हॉगिन्स तो चाहती है, कॉलोनी नहीं चाहती।'' रजनीबाबू ने कहा, ''इसका कारण यह है कि मैक की माँ मुण्डाओं की बेटी है। इससे मुण्डाओं का अपमान हुआ है, ऐसा कहा है उन्होंने। मैंने सुना है कि आपने उन्हें समझाया था

कि ईसाई बन जाने पर सभी समान हो जाते हैं, तो फिर उन्हें क्यों अपमान झेलना पड़ता है? ईवा हॉगिन्स मैक से शादी करने की हिम्मत क्यों नहीं जुटा पाती?''

''ईसाई बनने पर रातोंरात वे भी गोरे हो जाएँगे, यह बात भी मैंने कही थी क्या?'' पादरी ब्राउन ने व्यंग्यात्मक स्वर में कहा।

रजनीबाबू समझ गये कि इस तरह के वाद-विवाद से काम नहीं बनेगा। स्टेशन लौटकर उन्होंने मिलिटरी की मदद के लिए बरकाकाना तार कर दिया। थाना वहाँ से बहुत दूर था, इसके अलावा उन्होंने बता दिया था कि यह मामला एक दारोगा के बस का नहीं है।

लेकिन अगले दिन सुबह की ट्रेन से पुलिस और मिलिटरी के आने से पहले ही सारी गड़बड़ियाँ खत्म हो गयीं। चारों ओर खबर फैल गयी।

गिरजाघर के ऑल्टर[1] के सामने सुबह की प्रार्थना के लिए आये पादरी ब्राउन ने सबसे पहले देखा कि ऑल्टर के ठीक सामने औंधे-मुँह दो लाशें पड़ी हुई हैं—जोनाथन मैकक्लासकी और मुण्डा स्त्री सोनिया की, और ऑल्टर से गिरजाघर के दरवाजे तक खून की दो लम्बी रेखाएँ दिखाई दे रही हैं। कहा गया कि उन दोनों ने खुदकुशी की है।

''शायद कॉलोनी के झमेले को दूर करने के लिए उन्होंने ऐसा किया है,'' पादरी ब्राउन बोले।

पुलिस ने तफ्तीश करनी चाही। बोली, ''डेड बॉडी मर्ग में भेजनी पड़ेगी। आखिरकार खुदकुशी का केस है।''

पादरी ब्राउन हँसते हुए बोले, ''ऐ लाल पगड़ी, पहले कानून सीखो, फिर यहाँ आना। प्रभु जीसस के सामने इस गिरजाघर में जिन्होंने अपनी आखिरी साँस ली, उनकी तफ्तीश जीसस ही करेंगे। तुम लोग जाओ,'' ऐसा कहकर उन्होंने सीने पर हाथ से ऊपर से नीचे, दायें से बायें हवा में क्रॉस बनाया।

फिर बोले, ''मैकक्लास्की ने जितने भी गुनाह किये हों, आदिवासियों के साथ मेल-मिलाप करने के बावजूद मैं उसे सच्चा ईसाई ही मानता रहा हूँ। कॉलोनी के सभी लोगों को उसके फ्यूनरल— अन्तिम संस्कार में जाना चाहिए।''

और सचमुच लोगों की भारी भीड़ उमड़ आयी।

'पगला साब मर गया' सुनकर मुण्डा लोगों की बस्ती से भी आदमी और औरतें भागकर आये। श्रद्धा में सभी ने खामोश रहकर अपने सिर झुकाये, पादरी ब्राउन ने वज्रगम्भीर स्वर में बाइबल का पाठ किया। ताबूत कब्र में उतार दिये गये—जोनाथन मैकक्लास्की की बाजू में सोनिया!

इसके बाद एक बार फिर कॉलोनी की हवा में शान्ति लौट आयी।

---

1. वेदी पर स्थित मूर्ति

पादरी ब्राउन तथा अन्य पाँच सौ बाशिन्दों ने पिटिशन दायर की कि लपरा का नाम बदलकर मैकक्लास्कीगंज कर दिया जाए। कुछ ही समय बाद अनुमति भी आ गयी।

स्टेशन के बोर्ड से लपरा नाम पुँछ गया, बड़े-बड़े अक्षरों में नया नाम लिखा गया—मैकक्लास्कीगंज। और उस ओर देखकर मैक ने कहा, "इन लोगों में इतनी जिम्मेदारी के भाव हैं, यह देखकर मुझे सचमुच सुख का अहसास हुआ रजनीबाबू! आई एम रियली हैप्पी।"

रजनीबाबू की आँखें आँसुओं से धुँधली हो आयीं। वे बोले, "तुम्हें पता नहीं मैक, मिस्टर मैकक्लास्की के जीवन की सबसे बड़ी हार यही है। वे खुद लपरा के हो जाना चाहते थे, वे मुण्डा होना चाहते थे, लेकिन अन्ततः लपरा ही बदल गया।"

लेकिन गिरजाघर के दरवाजे से ऑल्टर तक खून की दो लकीरें बिलकुल पास-पास कैसे आयीं, यह सवाल किसी के मन में नहीं पैदा हुआ।

शान्तिदूत जीसस की गरिमा के प्रचार के लिए ही तो युगों-युगों से हिंस्र क्रूसेडरों (जेहादियों) ने अभियान चला रखा है। ईश्वर के बेटे जीसस की माफी और अहिंसा के धर्म को पवित्र करने में पादरी ब्राउन के हाथ कितने लाल हुए होंगे भला! और इसके बदले में ईश्वर लपरा की धरती को बहुत-बहुत रोशनी देंगे।

आमीन!

इमली

शहर के इधरवाले इलाके में पूरब से पश्चिम की ओर पसरी रेल लाइन ने कॉर्पोरेशन की सरहद तय कर दी थी। जमीन से काफी ऊँचे एक तटबन्ध ने थाली की किनारी की तरह गोल घूमकर शहर के दक्षिणी इलाके को घेर रखा था।

उत्तर-दक्षिण की ट्राम-लाइन ने म्यूनिसिपैलिटी के इलाके में एक जगह पर अपनी नाक घुसा रखी थी। ट्राम-लाइन के ऊपर एक पुल था। पुल पर से होकर हर दो-दस मिनट में एक न एक ट्रेन सीटी बजाती गुजरा करती और इंजन धुआँ छोड़ते। पुल के उस पार का रास्ता अब भी कीचड़-भरा था। वहाँ सड़े हुए पानी का डबरा था और थी जलकुम्भी की दुर्गन्ध...। लेकिन इस ओर इस्पात की तरह साफ-सुथरी सड़क के किनारे पर ही सुन्दर और भव्य अट्टालिकाओं की एक कतार थी। उनकी खिड़कियों पर रंगीन पर्दे थे। बरामदों में बिजली के बल्बों की हलकी नीली रोशनी थी और बालकनी में बेंत की कुर्सियों पर स्थूल चेहरों की मजलिस जमी हुई थी। किसी भी अट्टालिका के सामने खड़े हो जाएँ तो चूड़ियों की खनक और बातचीत की आवाज सुनाई दे जाती, नेपथ्य से आती नरम मीठी हँसी सुनाई देती और रेडियो के कण्ठ से ठण्डक देता गीत उभर आता।

सड़क पेड़ों की छाया से शोभा पा रही थी। लैम्प-पोस्ट एक-दूसरे से काफी दूरी पर थे। कृष्णचूड़ा[1] और गुलमोहर की पत्तियों की ओट में खामोशी थी। सीमेण्ट से बने चौड़े फुटपाथ पर अँधेरे की जाने कैसी सिहरन-सी थी। सिर्फ अँधेरा ही नहीं, और एक चीज भी थी, जिस पर नजर पड़ते ही सिहर उठना लाजिमी था। लेकिन दिखाई देने के बावजूद वे नहीं दिखाई देते थे।

फुटपाथ पर कतार-दर-कतार इनसानों के कार्टून थे। ढेर सारी औरतें, आदमी, छोटे-छोटे बच्चे, तेल-लगे गन्दे कपड़ों और जुएँ-भरे बालों की बीभत्सता लिये

1. एक प्रकार का फूलदार वृक्ष

समूचे फुटपाथ पर सोये रहते थे। शाम को जब तारे उगते, वे तभी सो जाते। उनमें कोई-कोई बहुत ही कमजोर और बीमार था। कंकाल-जैसे बच्चों के पेट पीपों-जैसे थे। आदमियों के कानों में बालियाँ थीं। दो-चार औरतों का स्वास्थ्य अच्छा था और जिनका नहीं था, उनकी आँखों में तेज था।

रोशनी से जगमगाती दुकानों की कतार के बीच में फुटपाथ से लगी हुई दो-तीन बिना दरवाजेवाली दुकानें अँधेरे में पड़ी हुई थीं। चमकती आँखोंवाली एक सुन्दर बच्ची के पोपले मुँह की मानिन्द छत का पतन हो गया था। दुकान किराये पर देने के लिए काम शुरू करवाकर आखिर में दुकान मालिक को शायद पैसों की कमी पड़ गयी थी या फिर हो सकता है कि वह किसी मुकदमे वगैरह में फँस गया था।

उन दुकानों में दीवार और छतें दोनों थीं, लेकिन उनमें दरवाजे नहीं लगे थे। फर्श को सीमेण्ट से पक्का नहीं किया गया था। दीवार पर न तो प्लास्टर चढ़ाया गया था और न ही बिजली के प्वॉइण्ट लगे थे। दुकान मालिक आखिर चाहता क्या था, समझना मुश्किल था। सड़क पर जो लोग सो रहे थे, उनमें से ही कुछेक ने आकर उन दुकानों में शरण ले ली थी। वे लोग कुत्तों की मानिन्द सिकुड़कर सो रहे थे। तब रात के नौ भी नहीं बजे थे, लेकिन उन लोगों के लिए नींद दो प्रहर पुरानी हो चुकी थी।

दो भद्र लोगों की पोशाकें वहाँ आ खड़ी हुईं। उन्होंने इधर-उधर देखा। सो रही किसी लड़की के किसी उघड़े हुए अंश की ओर भी शायद...।

एक पोशाक बोली, ''नहीं! इन्हें भगा नहीं सकते। रिफ्यूजी लोग सो रहे हैं।''

दूसरी पोशाक बोली, ''अगर मिल जाती तो अच्छा ही होता। दुकानों की पोजिशन देख रहे हो?''

''कुछ नहीं कर सकते जनाब। रिफ्यूजियों ने जब कब्जा कर रखा है, तो कोशिश करना बेकार है।''

''रिफ्यूजी?'' एक पोशाक आगे बढ़ी। उसने झुककर उन लोगों को देखा। बोली, ''जनाब, ये तो रिफ्यूजी नहीं लग रहे!''

''नहीं लग रहे?'' दूसरी पोशाक उत्साहित हो उठी, ''देखिए, अच्छी तरह से देखिए, तो फिर इन्हें हम मारकर हटा देंगे।''

वे दोनों झुक गये।

वहाँ उजाला कम था। जिसके पत्ते झर चुके थे, उस कृष्णचूड़ा के पेड़ ने चाँद को जितना झाँकने दिया था, उसके उजाले में कुछ भी ठीक से नहीं दिख रहा था। मैले-कुचैले लोगों का एक झुण्ड—बस, इतना ही दिखाई देता था।

अपना शक दूर करने के लिए एक व्यक्ति दुकान की ओर बढ़ गया। तंग साड़ी

की सिकुड़न की ओर झुककर वह जाने क्या देखने की कोशिश करने लगा और तुरन्त ही जनानी आवाज में प्रतिरोध उभर आया, "औरत नहीं देखी कभी, उल्लू कहीं के!"

भले लोगों की पोशाक पहना हुआ व्यक्ति तुरन्त वहाँ से छिटककर दूर हट गया और उसे बाकी बातें सुनने की जरूरत नहीं पड़ी।

"चलिए जनाब, चलिए, फसाद करने का कोई फायदा नहीं।"

"हाँ, बल्कि कल दुकान की तलाश करेंगे। जब ये लोग रिफ्यूजी नहीं हैं तो इन्हें तो हम मार-पीटकर हटा देंगे।"

दोनों पोशाकें अपने घर की ओर चल दीं और इमली उठ बैठी। उठकर उसने इधर-उधर देखा। उनको वहाँ से खिसकते देख वह मन-ही-मन मुस्कुरा दी।

इमली यानी जिसे बांग्ला में 'तेतुल' कहते हैं, तेलुगु भाषा में जिसका नाम है 'चिन्तापाण्डु'। शक्लोसूरत देखकर गलती होने पर भी असल में इमली तेलुगु नहीं थी। फर्राटेदार हिन्दी-उर्दू बोल सकने के बावजूद कानून की नजर में वह बंगाली ही थी।

उसके माँ-बाप मर गये हैं या कि लापता हैं, यह खुद इमली भी हलफ लेकर नहीं बता सकती थी। लेकिन जिसने उसका नाम रखा था, उसे शायद आभास हो गया था कि यह लड़की खट्टी से खट्टी इमली को भी मात देगी।

शरीर तो नहीं लेकिन मानो स्वास्थ्य का ज्वार था। बदन का रंग पुराने ताम्बे-जैसा था, आँखों में एक बारीक-सी काली रेखा ने सुरमा लगाने की प्रतीक्षा नहीं की थी। उसके भरे-भरे-से पसीना बहाते काले चेहरे के साथ सिर के उलझे हुए बाल मेल नहीं खाते थे। वह धारीवाली साड़ी पहनती और साड़ी इतनी तंग थी कि इज्जत ढँकती तो शर्म नहीं ढँक पाती थी। मैला ब्लाउज सीने और पीठ पर इस कदर कसा रहता कि उसके न होने पर भी कोई नुकसान न होता।

उन दोनों के चले जाने के बाद इमली दीवार से टिककर बैठ गयी। उसने थोड़ी देर सिर खुजाया। अन्दाज से ही दो उँगलियों के दो नाखूनों से एक जूँ को दबोच लिया, आँख के सामने लाने पर भी जब वह नहीं दिखी तो नाखून से दबाकर उसने जूँ का काम तमाम कर दिया और फिर से सिर खुजलाने लगी।

मुँह से भले ही स्वीकार न करे लेकिन वे लोग असल में खानाबदोश थे—बातचीत में, हाव-भाव में कुछ-कुछ हिन्दू और कुछ-कुछ मुसलमान। मन पक्के खानाबदोशों-जैसा। उनके पूर्वज स्वभाव और नशे के मामले में खानाबदोश थे। वे पैरों में घुँघरू बाँध, हाथ में ढोलक लिये नाचते-गाते थे। वे जितनी बार तम्बू तानते या नरकट[1] की पत्तियों से झोंपड़ी गढ़ते, उतनी ही बार उसे तोड़ डालते, जंगली मुर्गियों के झुण्ड की मानिन्द वे यहाँ-वहाँ उड़ते-फिरते। गीतों की भाषा में कहते

कि रास्ते ही हमारे जहान हैं, फटे हुए तम्बू हमारे दरबार। सपना देखते कि माशूका सिर्फ नाचेगी, गाएगी, ढोलक बजाएगी और आशिक चौक-बाजार में चाकू बेचेगा।

अपने स्वभाव और नशे के मामले में उनके पूर्वज खालिस खानाबदोश थे, अभाव और पेशे के तहत इमली लोगों को खानाबदोश बनना पड़ा था।

सुन्दरवन इलाके में जंगल साफ करके खेती के लिए उन्हें इजारेदार से जमीनें मिली थीं। घने जंगल की भयानक खतरों के बीच झुण्ड के झुण्ड लोगों ने डेरा डाला था। जंगली भैंसे, शेर, भालू, नीलगाय वगैरह को वहाँ से भगाकर उन लोगों ने जंगल की साफ-सफाई की थी, रामहरिणों[2] और हरियलों[3] का शिकार किया था। जंगल की जमीन को सोना उगलने वाली जमीन बना दी थी, अपने पसीने से भिगोयी थी जमीन, बुवाई की थी और साल-दर-साल फसल काटी थी। फिर एक दिन इजारेदार ने आकर कहा था, टैक्स चाहिए। उन लोगों ने टैक्स चुकाया था, और टैक्स बढ़ता गया था। उन लोगों ने कभी सोचा भी न था कि इजारेदार एक दिन डुगडुगी बजा देगा, उनसे जमीन छोड़ देने की बात कहेगा।

एक दिन डुगडुगी बज उठी। इजारेदार को अब इमली लोगों की जरूरत नहीं रही थी, मोटरवाले हल से उसने खुद ही खेती करने का तय कर लिया था। कुछ-कुछ जवान लोगों को दिहाड़ी का काम मिला, बचे हुए लोगों को सिर्फ उनके डेरे पर रहने की इजाजत मिल सकी। खेती की पूरी जमीन छीन ली गयी।

मन से खानाबदोशी का नशा पुँछ गया, स्वभाव ने समय की जमीन में अपनी जड़ें जमानी शुरू कीं। इतनी तकलीफें सहकर बनाये गये डेरों को छोड़कर कहाँ जाएँगे वे? जमीन का मोह क्या इतनी आसानी से छोड़ा जा सकता है? वे लोग और गहरे जंगल की ओर सरक गये। उन्होंने भालुओं से लड़कर शहद पर कब्जा जमा लिया। फिर वे एक बार शहर आते और फेरी लगाकर शहद बेचते और फिर किसी तरह साल-भर का समय कट जाता।

इस बार भी वे अपने झुण्ड के साथ शहद बेचने शहर आये थे। लोग इमली को 'शहदवाली' पुकारा करते थे। लेकिन वह शहद बेचे कैसे, उसे तो शहर में खुद ही शहद का पता मिल गया था।

उनके झुण्ड में जवान चेहरों की कोई कमी नहीं थी। उनमें से दो-चार जनों ने कभी-कभार क्या आँख के इशारों से इमली को पुकारा नहीं था? इमली ने खुद भी हँसी-ठिठोली की थी, दिल को जख्मी करनेवाली दो-चार दिल्लगियाँ भी की थीं। लेकिन वे तो उसके मन को इस तरह नहीं तड़पा सके थे।

---

1. बेंत की जाति का एक प्रसिद्ध पौधा
2. बड़े हिरण
3. फाख्ता-जैसी एक पीली चिड़िया

जंगल का शहद और मोम लेकर इसके पहले भी इमली दो-चार बार शहर आयी थी। शहर तब भी इतना नहीं बदला था। कमाई के रुपयों से तब सिर्फ एक जून की रोटी ही नहीं आती थी बल्कि तब वह कुछ पैसे भी कमर में खोंसकर डेरे पर लौटती थी।

लेकिन इस बार कुछ दिन भटककर ही परेशान हो गयी इमली।

भोर होते न होते जाग उठता था फुटपाथ। शहद की मटकी सिर पर धरे एक-एक कर सभी लोग इस गली, उस गली में हाँक लगाकर शहद बेचते फिरते। दोपहर होते न होते ही मीठी पुकारवाला गला सूख जाता और कर्कश स्वर निकलने लगते। फिर भी खरीददार नहीं मिलते। डेढ़ कोस रास्ता नापने के बाद शायद तीसरी मंजिल के कमरे से किसी स्त्री की आवाज सुनाई देती, बंगाली बहू शहद चखती, मोल-भाव करती और मुँह के सामने धड़ाम से दरवाजा बन्द कर देती। मन की कड़वाहट मिटाने के लिए गालियाँ देती हुई सीढ़ियों से वह नीचे उतर आती और फिर रास्ते पर आगे बढ़ जाती। सोचती, अगर ऐसे पानी के दाम में ही बेचना होगा तो फिर पट्टी[1] के थोक व्यापारी की क्या गलती है!

इसी तरह इमली भी हर रोज सारी दोपहर कड़ी धूप में भटककर शाम को अपने फुटपाथवाले अड्डे पर लौट आती थी। लौटकर सूखा मुँह लिये बैठती और घुटनों में ठुड्डी रखकर खाँसती रहती। सुबह चिवड़ा जुट जाता तो शाम को रोटी के लिए पैसे नहीं बचते। सारा दिन रास्ते के नलों के पानी से चेहरा भिगोकर, जी-भर ठण्डा पानी पीकर कटता।

अड्डे पर सभी के चेहरे धीरे-धीरे सूखते जाते। शाम को लौटकर वे एक-दूसरे की खैर-खबर लेते, पूछते कि किसकी कितनी बिक्री हुई। बूढ़े लोग हताशा की गहरी साँसें छोड़ते कि शरीफों की जेबें कमजोर हो गयी हैं।

लेकिन शहद न बिके तो वे गाँव-देहात किस हिम्मत से लौटेंगे, कैसे चलेगा सालभर? जीवन में ऐसे रूखे दिन नहीं आये थे कभी, सभी ने सोचा।

दोपहर-भर धूप में टहलकर लौट रही थी इमली। शाम के बारे में सोच रही थी। झुलसाती धूप में तब आँखें जल रही थीं, चेहरे की चमड़ी तवे की मानिन्द गर्म हो उठी, बदन की अँगिया असह्य हो उठी। छाँव की तलाश करती इमली एक गली में घुस गयी। वह गली नाश्ते की दुकान के पास से मुड़ गयी थी। नाक में गर्म तेल की मीठी गन्ध का अहसास होते ही उसने ललचाई नजरों से उस ओर देखा। उसे उस ओर के बरामदे में एक पानी-पूरीवाले को घेरकर हाथों में शाल के पत्तों के दोने लिये झलमल रंगोंवाली कई पंजाबी लड़कियाँ बैठी दिखाई दीं। सड़क के किनारे पीले हाथ-ठेले पर एक आदमी कुल्फी बेच रहा था। इमली ने अनमने

1. बाजार का एक हिस्सा, जैसे—लुहारपट्टी।

भाव से कमर के बटुए में रखे खुले पैसों का स्पर्श किया, फिर अपने लालच को काबू में कर वह लम्बे कदमों से आगे बढ़ गयी। सामने ही सीमेण्ट का बना हुआ एक चौड़ा बरामदा था—छाया में भीगा हुआ। वहाँ एक आदमी काँच और एल्यूमीनियम के बर्तनों से सजी टोकरी को नीचे रखकर अँगोछा हिला-हिलाकर हवा खा रहा था।

छाया में एक ओर मटकी को रखकर इमली भी बैठ गयी। फिर अचानक ही उस आदमी से उसकी आँखें जा टकरायीं। शहद बेचने आयी इमली को ख़ुद ही शहद का पता चल गया।

वह आदमी दुबला-पतला था, लेकिन शीशम की लकड़ी-जैसा मजबूत और साँवला था उसका बदन। उसके कानों में लाल बालियाँ थीं। उसके बाल घुँघराले थे। वह नयी कमीज पहने हुए था।

जात में वह आदमी उन लोगों-जैसा ही खानाबदोश था, इमली समझ गयी। फर्क यही था कि वह कई वर्ष शहर में बिता चुका था। शहर के लोग भले ही मैले-कुचैले कपड़े पहने हों, इमली उन्हें पहचान लेती थी। शहर में रहने से आँखों और चेहरे पर जाने कैसी एक चमक-सी आ जाती है।

एक बार निगाहों से निगाहें टकराने के बाद वह आदमी अपने काम में व्यस्त हो गया। उसने अपने पैसे गिने, उसने और भी जाने कुछ-कुछ किया। उसने फिर एक बार भी अपनी निगाहें ऊपर नहीं कीं। इमली मोहमयी दृष्टि से, मुहब्बत-भरी नजरों से उसके चेहरे की ओर एकटक देखती रही।

फिर से निगाहों से निगाहें टकराने की उम्मीद में इमली बहुत देर तक इन्तजार करती रही। फिर जाने कब उसकी निगाह मानो हट-सी गयी। वह अनमनी हो उठी।

"ऐ शहदवाली!" हिसाब-किताब करके टोकरी में से खाने का एक डिब्बा निकालकर उस आदमी ने आवाज लगायी। फिर वह खुद ही इमली के पास उठ आया।

उसने एक आने का शहद माँगते हुए डिब्बा इमली के सामने पसार दिया।

इमली ने जोर से हँसते हुए मजाक किया, "एक आने का शहद?" वह फिर से हँस दी। सेर के हिसाब से बिकता है शहद, उसे कम-से-कम पाव-भर तो खरीदना ही पड़ेगा। लेकिन एक आने का?

वह आदमी हँसा। उसने हँसकर मजाक का जवाब दिया, "जिस चीज की कीमत कम होती है, वह उतनी ही ज्यादा मात्रा में बिकती है, जैसे—कोयला मन के हिसाब से बिकता है, शहद सेर के हिसाब से, सोना-चाँदी और एल्यूमीनियम के बर्तन तोले के हिसाब से बिकते हैं।"

वांछित-सा जवाब पाकर भी इमली नहीं शरमायी। उसने उससे जात-जन्म, गाँव-देहात का पता लिया, फिर बोली, ''पैसे की जरूरत नहीं, वैसे ही दिये देती हूँ,'' ऐसा कहकर उसने एक करछुल शहद उस आदमी की रोटी पर डाल दिया।

उस आदमी ने दो रोटियाँ इमली की गोद में डाल दीं, ''तू भी खा ले दोनों।''

इमली ने उसे नहीं रोका, उसने रोटियाँ नहीं लौटायीं। सिर्फ आँख दबाकर मुस्कुरा दी।

रोटी चबाते-चबाते उसने पूछ लिया कि दिनभर में कितना शहद बिकता है, नफा कितना होता है?

जितना हो सकता था, इमली ने बढ़ाकर ही बताया, फिर भी उस आदमी ने हैरत से आँखें बड़ी-बड़ी कीं।...बस? यानी इतने कम में इमली का गुजारा कैसे होता है!

उसने फटे-पुराने कपड़ों के बदले बर्तन बेचने की सलाह दी। इसमें खासा मुनाफा होता है। उसने बताया कि पट्टी के थोक व्यापारी के पास यदि वह शहद की मटकी बेचकर रुपये महाजन के पास जमा करा दे तो उसे भी काँच और एल्यूमीनियम के बर्तन मिल सकते हैं और फिर उन्हें पुराने कपड़ों के बदले बेचकर उसे उन फटे-पुराने कपड़ों के बदले महाजन से ही रुपये मिला करेंगे।

इमली ने सोचा—सच ही तो है। कितने लोग हैं भला, जो शहद खाते हैं! लेकिन बर्तनों की जरूरत सभी को होती है, फटे-पुराने कपड़े तो सभी फेंक देते हैं।

वह बोली, ''मैं कल आऊँगी। सोचकर देखती हूँ।''

जब वह काफी आगे निकल गयी तो उस आदमी ने इमली से उसका नाम पूछा। इमली ने अपना नाम बताया। उसकी आँखों में कैसी एक अर्थपूर्ण हँसी खेल गयी! इमली ने भी उससे उसका नाम पूछा।

''फाल्सा।''

शाम को इमली इस-उस गली में शहद बेचने के लिए हाँक लगाती घूमती रही। लेकिन मन के भीतर केवल वही एक नाम घुमड़ता रहा—फाल्सा।

शहद की मानिन्द जबान से लिपटा रहा वह नाम—दिनभर एक तृप्त हँसी में वह उजली बनी रही।

उसने अपनी टोली के सभी लोगों से इस बारे में बात की। सभी ने उसकी बात को हँसी में उड़ा दिया।

शहर में धन्धा करते हुए सालभर कुत्ते और बिल्लियों की तरह सड़क के

किनारे पड़े रहने के लिए तो वे लोग नहीं आये थे। अगर नहीं जमा तो आखिर में थोक के व्यापारी को सारा शहद बेचकर वे अपने डेरों पर लौट जाएँगे। पत्तों के छप्परवाला जंगली डेरा भी इससे कहीं ज्यादा सुखकर हैं। वहाँ जंगली खरगोश का गोश्त खाकर भी पेट भरा जा सकता है।

उन लोगों में से किसी को भी समझ में नहीं आ सका कि इमली को शहर में रहने का इतना लालच क्यों है!

वह एक अनोखा नशा था। कोशिश करने के बावजूद इमली उस नशे से बाहर नहीं निकल सकी।

दोपहर होते ही एक अनोखा आकर्षण उसे उस गली की ओर खींचकर ले जाता था। किसी दिन फाल्सा से मुलाकात हो जाती और किसी-किसी दिन वह उस छायादार बरामदे में बैठकर फाल्सा का इन्तजार करती रहती। झुलसाती धूप में पसीने से तरबतर वह हाँफते-हाँफते आता, इमली की ओर देख उसके चेहरे पर हँसी खिल जाती और फिर हर रोज की तरह वे आपस में बाँटकर खाना खाते।

दोपहर की गप्पें शाम तक खिंचने लगीं। इमली को अपने अड्डे पर लौटने में देर होने लगी। शाम के बाद रास्ते के किसी नल पर नहाकर वे दोनों किसी सुनसान जगह पर जा बैठते और बातचीत करते-करते समय को भूल जाते। रास्ते पर से खरीदी गयी मूँगफली चबाते-चबाते घास की जाजिम पर पैर फैलाकर बैठ वे देर रात तक गपशप करते, अड्डे पर लौटकर तमाम कैफियतें देते।

वहाँ इस बात के लिए कोई खास बुरा मानते भी नहीं थे। ज्यादा-से-ज्यादा दो-चार लोग फब्तियाँ कसते, मजाक उड़ाते, पीठ-पीछे हँसते। कम उम्र की लड़कियाँ इस तरह देरी से घर लौटेंगी, इसमें नया क्या है! बहुत-सी तो लौटना ही भूल जाती हैं।

इमली एक दिन नहीं लौटी। टिन के शेडवाला, मिट्टी की दीवारों से घिरा वह बस्तीवाला एक कमरा था, टूटे-फूटे दो-चार असबाब थे, रस्सीवाली चारपाई पर मैला-कुचैला-सा बिस्तर। फिर भी पहली बार जिस दिन वह वहाँ गयी, इमली को फाल्सा का घर बहुत अपना-सा लगा था। ढिबरी जलाकर चपातियाँ बनाते-बनाते उसे लगा कि काश, ऐसे एक घर में वह अपना पूरा जीवन बिता पाती! फाल्सा-जैसे आदमी को रजाई बना पाती—ठण्ड की रातों में!

अपना घर दिखाने के लिए फाल्सा इमली को बुला लाया था। आँख और मन ने केवल प्यार और मुहब्बत के इशारे किये थे, लेकिन बातचीत में केवल हँसी-मजाक होता था। उन्होंने कभी भी एक-दूसरे के मन को टटोला नहीं था, मुहब्बत का इजहार नहीं किया था कभी भी और फाल्सा का घर देखने आकर इमली ने प्रत्यक्ष रूप से कुछ नहीं कहा। उसने चपातियाँ बनायीं, बातचीत की, दोनों ने खाना

खाया और फिर रस्सीवाली चारपाई पर इमली लम्बी तानकर सो गयी। बोली, "जोर से नींद आ रही है। मैं अब अपने घर नहीं जा पाऊँगी।"

फाल्सा मुस्कुरा दिया, ढिबरी बुझाकर वह भी इमली की बाजू में लेट गया।

सुबह जब नींद खुली, इमली की देह में किसी तरह की जड़ता नहीं थी, फिर भी मन शर्म से भर उठा था। अपनी पीठ पर से फाल्सा का हाथ धीरे-धीरे हटाकर वह बिस्तर छोड़ उतर आयी। फाल्सा तब भी सो रहा था,...सोता रहे। अगर जागता रहता तो इमली क्या भला उससे आँखें मिलाकर बात कर सकती थी? शर्म के मारे धरती में समा जाने की इच्छा नहीं होती?

शहद की मटकी सिर पर धरे वह वहाँ से तेज कदमों से निकल आयी। उसका मन शर्म से भर उठा कि वह कैसे मतवालों की तरह बहके कदमों से वहाँ चली गयी थी! या कि फाल्सा ने भी ऐसी बेशर्म लड़की इससे पहले नहीं देखी होगी और ऐसा अजीब आदमी भी इमली ने इससे पहले कभी नहीं देखा था। जो एक ही चारपाई पर आसपास लेटकर नींद में शरीर पर हाथ की छुअन से भी पगलाये नहीं, यह भला कैसा जवान आदमी है! इतना हँसी-मजाक, इंगित इशारे...और अब बिलकुल पास में पाकर भी...!

इमली इस गली, उस गली शहद के लिए फेरा लगाती रही। बार-बार दोपहरवाला छाया से भीगा हुआ बरामदा उसके कदमों को अपनी ओर खींचता रहा, लेकिन हर बार लज्जा उसके कदमों को रोक देती। वह दो-तीन बार गली के पास से गुजरी लेकिन उसमें घुसने की हिम्मत नहीं हुई। शाम को वह अपने फुटपाथवाले अड्डे पर लौट आयी।

झुण्ड के दो-चार लोग मुँह दबाये हँस दिये, आँख मारकर इशारों के माध्यम से जाने क्या बोले! ऐसा तो हमेशा ही होता है। इमली की हमउम्र दो लड़कियाँ चुपचाप उसके पास आकर बैठ गयीं। कमर में खुँसी हुई साड़ी को टटोलकर उन्होंने देखा, वहाँ कुछेक आने पैसे थे। वे खिलखिलाकर हँसती हुई लोटपोट हो गयीं। बस, ये ही कुछ आने पैसे! उनकी आँखें विस्मय से भर उठीं। ऐसा भरी जवानीवाला तन्दुरुस्त बदन, एक पूरी रात के खोने के बावजूद ये कुछेक आने पैसे! इतने सस्ते में इमली ने देह का शहद बेच दिया!

वह कहाँ खो गयी थी, क्यों नहीं लौटी...किसी ने भी ये सब सवाल नहीं किये। इस उम्र में अगर कभी-कभी वह न खो जाए तो फिर सुन्दरता की इज्जत कहाँ रही!

यह व्यंग्य इमली के सीने में चुभ गया, फिर भी वह नहीं कह सकी कि किसी शहरी आदमी के हाथ के इशारे, किसी पैसों के लालच ने उसे नहीं पुकारा था। वह तो पुल के उस पारवाली बस्ती में अपने प्यारे दोस्त के साथ गयी थी और बाइज्जत लौटी है।

इज्जत!

इमली मानो अपने ही सम्मुख तुच्छ हो गयी। वह क्षणभर की दुर्बलता को टालकर लौट आयी थी, इसलिए मन-ही-मन खुश थी। लेकिन फाल्सा? वह क्या सोच रहा होगा?

इमली ने खासा बेशरमी-भरा काम किया था, अब वह और बेशरमी नहीं कर सकती। वह अब फाल्सा के साथ मुलाकात नहीं कर सकेगी, वह उसकी निगाहों से निगाहें भी नहीं मिला सकेगी।

उसने तय किया कि वह भी थोक के व्यापारी को सारा शहद सस्ते में बेचकर अपनी टोली के लोगों के संग लौट जाएगी।

झुण्ड के सारे लोग कभी भी एक साथ नहीं लौटते। जिनका शहद खत्म हो जाता, वे पहले खिसक लेते। इस बार भी बहुत-से लोग एक-एक कर खिसक लिये। दो दिन में झुण्ड सिमटकर रह गया। कोई घर लौट गया, तो किसी ने कारखाने में काम की जुगाड़ कर ली, तो कोई लापता हो गया।

एक दिन इमली मण्डी के थोक व्यापारी को सारा शहद बेच आयी, कमर में कुछ रुपये खोंसकर बिना दरवाजेवाली दुकान की दीवार से पीठ टिका बैठकर सोचने लगी। इतने-से रुपयों में क्या पूरा साल कट सकेगा? जंगलवाले डेरे पर जाकर वह करेगी क्या? क्या खाएगी? इसके बजाय तो फटे-पुराने कपड़ों के एवज में एल्यूमीनियम के बर्तन बेचना कहीं ज्यादा अच्छा है।

फुटपाथ पर रात काटकर सुबह-सुबह उठकर उसने तय किया कि वह आज फाल्सा से मुलाकात करेगी। दोपहर के उस नियत समय तक अधीरता का आवेग लिये वह चहलकदमी करती रही। गली के मोड़ पर वह तय समय से बहुत पहले ही जा पहुँची। उसने कई बार कोशिश की लेकिन गली में नहीं घुस पायी। गली के मोड़ पर टहलती रही कि शायद फाल्सा दिख जाए। फिर जाने कब दोपहर बीत गयी और साँझ उतर आयी। नयी उत्तेजना लिये इमली पुल पार कर बस्ती की ओर बढ़ चली। उसे दूर से बस्ती दिखाई दी। यहाँ तक कि उसे दूर से ही फाल्सा का घर भी दिखाई देने लगा। फिर उसने अपने मन को समझाया कि इतनी जल्दी किस बात की है, कल भी तो आया जा सकता है!

इसी तरह कई दिन बीत गये। उसकी कमर की थैली खाली होने लगी। आखिर एक दिन सारी शर्मोहया पैरों से कुचलकर वह फाल्सा के यहाँ जा पहुँची। चोर निगाहों से उसने चारों ओर देखा। नहीं, फाल्सा वहाँ नहीं था। छाया से भीगी हुई उस गली के बरामदे में दो बच्चे बैठे खेल रहे थे। दिन-भर इन्तजार करने के बाद इमली अधीर हो उठी। पैरों में मानो थकन नहीं, आराम नहीं, मन के एक हिस्से में हताशा और दूसरे में अधीरता थी। इतने दिनों तक इमली ने

केवल शर्म के विषय में सोचा था। कंजूस की तरह मिट्टी खोदे बगैर भी अनुमान लगा लिया था कि वहाँ ऐश्वर्य छुपा हुआ है। सबकुछ खोता हुआ देखकर इमली जी-जान से मिट्टी खोदने लगी। उसने मन को समझाया कि है, है और नीचे छुपा हुआ है।

इमली तेज कदमों से पुल के उस पार की बस्ती में जा पहुँची। आशंका के प्रवाह में शर्मोहया मिट गयी। वह फाल्सा के घर के सामने जा खड़ी हुई, खुली खिड़की से उसने अन्दर झाँककर देखा।

नहीं, फाल्सा वहाँ नहीं था। फाल्सा चला गया था। रस्सीवाली चारपाई भी उस कमरे में नहीं थी। वहाँ झुलसी हुई दो ईंटें और एक टूटी हाँड़ी पड़ी हुई थी! पासवाले मकान के छोकरे से पूछ-पूछकर उसे सारी बातें पता चलीं, गहरी साँस और पीड़ा के आँसू एक साथ झर पड़े।

फाल्सा पर उस कमरे का किराया बकाया था, इसलिए उसे सबकुछ बेचकर वहाँ से जाना पड़ा। लेकिन कहाँ? भला कौन जाने, कहाँ! इस धरती की सारी सड़कें ही तो गरीबों के घर हैं, और चाँदनी-भरा आसमान उनका शामियाना है।

फुटपाथ के किनारे उसी बिना दरवाजेवाली दुकान में लौट आयी इमली। तब बहुत रात हो चुकी थी। लोगों का आना-जाना निहायत कम हो चुका था। गुलमोहर के अवकाश से चाँद की रोशनी का एक टुकड़ा बिखर रहा था।

दीवार से टिककर बैठी रही इमली। उसकी सारी आशाएँ, उसके तमाम भरोसे मिट चुके थे। उसका सारा जिस्म निढाल हो गया था। थकान की वजह से उसकी आँखें मुँदी जा रही थीं। अचानक हुई एक आवाज से वह चौंक उठी। आँखें खोलकर उसने देखा, एक परछाईं-सी उसकी ओर बढ़ती आ रही थी। भले आदमियों के-से कपड़े पहने उस व्यक्ति की ओर इमली एकटक देखती रही। भय और आशंका से उसका सीना धक-धक कर उठा।

इमली को और एक दिन की बात याद आयी। उस दिन भी उसका जिस्म इसी तरह निढाल हो गया था। उस दिन वह प्रतिरोध नहीं कर सकी। आज केवल प्रतिरोध की शक्ति ही नहीं, मानो मन की ताकत भी कम हो गयी थी। मन में मानो लालच घर कर गया था।

उस दिन की तरह ही वह आदमी फिर से आ धमका, पैरों को आपस में जोड़कर फुसफुसाते हुए उसने न जाने क्या कहा। इसके बाद इमली को अपनी मुट्ठी में एक रुपये का आभास हुआ। उसकी इच्छा हुई कि वह उस रुपये को फेंककर उस आदमी के गाल पर एक तमाचा जड़ दे। लेकिन वह ऐसा कर नहीं सकी।

वह परछाईं धीरे-धीरे आगे बढ़ गयी।

इमली भी परछाईं के पीछे-पीछे हो ली।

दिन-पर-दिन, महीने-दर-महीने किस तरह बीत गये, इमली को अहसास ही नहीं हुआ।

उस आदमी ने अब आना बन्द कर दिया था। कई अँधेरी रातें इमली ने जागकर काटीं, लेकिन उस आदमी से फिर कभी मुलाकात नहीं हुई।

भीख माँगकर रास्ते के नल से पानी पीकर भला कितने दिन कटते! काम की तलाश में इमली बहुत भटकी—बस, अब और नहीं। किसी ने सन्देह जताया कि वह चोरी करके भाग जाएगी, किसी ने सोचा कि घर का जवान होता बेटा बिगड़ जाएगा। कल-कारखानों में भी किसी काम की जुगाड़ नहीं हो सकी। बहुत सोचने-विचारने के बाद इमली को लगा कि रात के अँधेरे में उस परछाईंवाले रास्ते के अलावा उसकी और कोई गति सम्भव नहीं। लेकिन रात के अँधेरे में जो चीज शहद-सी मालूम होती, दिन के उजाले में उसे फेरी लगाकर बेचा नहीं जा सकता। उज्ज्वल यौवन का वह आकर्षण कहाँ खो गया! कहाँ खो गयी देह की वह आदिम उग्रता!

इमली अपना मैला-कुचैला बीमार, लिजलिजा, हड्डियों के ढाँचे-जैसा जिस्म लिये भीख माँग गुजारा करती रही, दूसरे और भिखारियों का सुन-सुनकर वह भी भीख माँगने का अन्दाज सीख गयी। लेकिन ऐसी अधेड़ औरत को भला कौन भीख देता?

शहर भर में भटकते-भटकते इमली रेलवे स्टेशन के पास जा पहुँची। कमाल है! इतवारी हाट-जैसी भीड़ यहाँ क्यों है, स्टेशन पर? असंख्य आदमी-औरत, बाल-बच्चे उदास और व्याकुल आँखें लिये क्यों बैठे हुए हैं भला? कोई आँसू पोंछ रहा था, कोई पागलों की तरह एकटक देखे जा रहा था। इतना शोर-शराबा था लेकिन किसी की भी आँखों में मुस्कुराहट नहीं थी। सबके चेहरों पर असहायता और दुःख की परछाइयाँ थीं। टोपीधारी छोकरे वहाँ लगातार चहलकदमी कर रहे थे। लोगों को रस्सियों से उन्होंने क्यों घेर रखा है भला? टोपीधारी लड़कियाँ उनके कानों में क्या फुसफुसा रही हैं?

थोड़ा साहस बटोरकर इमली ने दो-चार लोगों से पूछा।

कमाल है! खोट्टा[1] क्या प्यार से पूछ रही है! देशभर में विस्थापितों की रुलाई गूँज रही है और ये खोट्टा औरत विस्थापित कहते किसे हैं, समझ ही नहीं पा रही है!

अपनी जमीन-जायदाद सबकुछ छोड़कर उन लोगों को भागना पड़ा था। उनका

कोई सहारा नहीं, भविष्य का कोई भरोसा नहीं।

इमली ने खड़े-खड़े वह नजारा देखा, उसे कुछ-कुछ समझ में आया।

कुछ लोग पीने का पानी और हाथपंखे बाँट रहे थे। दूसरी ओर कागज के पैकेटों में खाना बँट रहा था। सबको पूड़ी और सब्जी दी जा रही थी। दो-एक लोग शिकायत-भरे लहजे में कह रहे थे कि खाना इतना खराब है कि खाया नहीं जा रहा। कोई-कोई कह रहा था कि रोटी ऐसी कि चबायी नहीं जा रही।

इमली को कुछ समझ में आया और कुछ नहीं भी। उसे खयाल आया कि अनजाने ही वह और लोगों के संग जाने कब कतार में जा खड़ी हुई है। और जितनी वह औरों के पीछे-पीछे आगे बढ़ने लगी, उसकी आँखें खुशी के मारे उतनी ही जगमगाने लगीं कि इतने दिनों बाद उसे पेटभर खाने को मिलेगा—पूड़ी और सब्जी।

उसकी हथेली पर जब खाने का पैकेट रखा गया तो उसे विश्वास ही नहीं हो रहा था। वह एक पल को एक ओर सरककर पीछेवालों को मानो जगह देने की बात ही भूल गयी।

खाना हाथ में लिये हुए इमली वहाँ से हट गयी और इसके साथ-ही-साथ गेरुए रंग की टोपी पहना एक लड़का उसका रास्ता रोक खड़ा हो गया।

उसने सवालों की बौछार कर दी कि वह कहाँ से आयी है, उसकी जात कौन-सी है, उसे बांग्ला आती है या नहीं। डर के मारे इमली का चेहरा बेरंग हो गया। वहाँ और भी कई लोग जमा हो गये। उनमें कोई चीखा, ''ये रिफ्यूजी नहीं है रे, रिफ्यूजी नहीं है।''

''धोखा देकर खाना हथियाने आयी है!''

''रिफ्यूजियों को खाना नहीं मिल रहा और ये स्साली शादी का भोज समझकर आयी है।''

''मार के भगा दे बदजात को।''

जिसके मुँह में जो आया, बकने लगा। वे सभी उत्तेजित हो उठे। अचानक किसी ने इमली को एक धक्का दिया, उसके हाथ से खाने का पैकेट छिटककर दूर गिर गया। इधर से किसी और ने भी उसे फिर से धक्का मारा, इमली खुद ही जमीन पर जा गिरी। एक ने उसके बालों को पकड़कर घसीटते हुए उसे खड़ा कर दिया फिर धकियाकर कहा, ''जा, भाग, फिर आएगी तो मार-मारकर हड्डियों का चूरा बना दूँगा।''

''जाने दे, जाने दे, छोड़ दे, अच्छा सबक सिखा दिया...।''

''आखिरकार औरतजात है। स्टेशन से बाहर निकाल दे इसे, और पीटने की

---

1. गैरबांग्ला-भाषियों के लिए हेय सम्बोधन

जरूरत नहीं है।''

इमली को शायद कोई भी बात समझ में नहीं आयी। उसकी आँखों से झर-झर आँसू बह निकले। बदन से धूल झाड़ वह स्टेशन से बाहर सीढ़ियों पर बैठी रही। अचानक गले में उसे उलटी का आवेग-सा महसूस हुआ। खड़े होते ही उसे चक्कर आने लगे। वह फिर से बैठ गयी।

विभक्त

आठेक माह के एक बच्चे को गोद में लिये हुए सविता लौट आयी। उसे लौटकर आना पड़ा—एक जमाने के बाद। हिसाब के मुताबिक शायद बहुत दिन नहीं हुए थे, डेढ़ साल या उससे थोड़ा कम ही। हालाँकि इस थोड़े-से समय में ही तो कितना कुछ बदल गया था।

स्याह आसमान के अँधेरे को चीरकर हर दिशा में एक दिन आग धधक उठी थी। चीखें थीं चारों ओर। खून पीनेवालों का शोर और मजबूर लोगों की करुण चीखें आसमान और हवाओं में लहराने लगी थीं। आधी रात को सविता की नींद खुल गयी। अचानक उसकी जगी आँखों में डर उतर आया था। माँ-पिता, भाई-बहन—सभी के चेहरों पर उसे शंकित विस्मय की छाप दिखाई दे रही थी! धुली हुई चादर के मानिन्द फक्क चेहरे लिये हुए वे इन्तजार कर रहे थे—इन्तजार...इन्तजार...! जानवरों-जैसी आँखें और प्रेत-जैसे बदन के साथ वे लोग आगे बढ़ आये थे। काली-काली परछाइयों-जैसे लोग। बाहर केवल अँधेरे और स्याही की बरसात हो रही थी, लेकिन इस रिमझिम बारिश को रौंदती क्रुद्ध भीड़ के पगलाये खून की चीखें बहती आ रही थीं। वे लोग आगे बढ़ आये। किसी के हाथ में मशाल थी, तो किसी के हाथ में किरपान। फिर क्या घटित हुआ, सविता को ठीक-ठीक याद नहीं आता। उस वक्त वह शायद होश खो बैठी थी। गूँगी और बुद्धुओं-जैसी आँखों से अपलक देखती रह गयी थी वह—खून...और खून...!

माँ-पिता, भाई बहन—कितने ही दिन, कितनी ही कर्महीन हताश दोपहरियाँ, कितनी ही उनींदी रातें उसने सोचते-सोचते बितायीं कि क्या वे लोग जिन्दा हैं? सविता की जिन्दगी से उनका नामोनिशान मिट गया। कौन जाने, उसे छोड़कर शायद तमाम रंगों से उन लोगों की जिन्दगी रंगीन हो उठी हो। खानदान के सफेद उजले पंख पर कालिख की जो बूँद गिरी थी, उसे पोंछकर, हो सकता है, उन लोगों ने

एक बार फिर एक नया संसार गढ़ लिया हो! वे भूल गये हैं सविता को। सविता ने भी उन लोगों को भूलने की कोशिश की थी। बिलावजह दुख करने से क्या फायदा! बेकार है पश्चात्ताप। एक दिन अचानक उसने महसूस किया कि मातृत्व के स्निग्ध आवेश से उसकी देह भर उठी है। उसकी आँखों में है मधुमय थकन। वह अवांछित, अयाचित हो सकती है—स्नेह और प्यार से नहीं, घृणा और विद्वेष के बदले प्राप्त हुई सन्तान...। फिर भी मानो सविता ने सारे अपराधों को क्षमा कर दिया है। वह अपनी देह के खून और मांस से गढ़ी सन्तान को अपने सीने के दूध से बड़ा करने की कोशिश करने लगी, सपने देखने लगी वह।

और एक दिन पुलिस की मदद से जाने किन लोगों ने उसे ढूँढ़ निकाला।

फिर..?

आठ माह के बच्चे को गोद में लिये हुए सविता लौट आयी। थकी हुई विषण्ण देह लिये चुपचाप खड़ी रही सविता। वह चुपचाप खड़ी रही—पत्थर की मूरत की तरह।

धूल उड़ाती पुलिस की गाड़ी तूफान की मानिन्द आवाज करती चली गयी।

एक लम्बी साँस छोड़कर उसने माँ के चेहरे की ओर आँख उठाकर देखा। अगले ही पल उसका सिर झुक गया, नजरें पैरों पर जा टिकीं। चेहरा ऊपर उठाने पर जाने कैसी बेचैनी होने लगती।

"आ जा!"

एक छोटे-से मनुहार से भरी पुकार थी वह। वह आत्मीय पुकार थी। हो सकता है, वह बेबसी से भरी रही हो। सविता ठीक-ठीक समझ नहीं पायी। उसने फिर से पल-भर के लिए निगाह ऊपर की। हाँ, माँ की आँखों में दबी हुई रुलाई के आँसू थे।

और फिर साथ ही साथ वह माँ की वेशभूषा देखकर चौंक उठी। नहीं! पिता नहीं रहे? एक गहरी साँस छोड़ दबे पैरों सविता थोड़ा आगे बढ़ी।

दरवाजे के पल्ले से टिकी सहमी-सी खड़ी थी छोटी बहन कविता। उसकी उम्र ग्यारह साल थी, वह कुछ भी नहीं पहचानती, कुछ भी नहीं समझती, फिर भी जाने कैसी बेचैनी के भाव उसकी आँखों में उभर आये थे। और उसकी ओर देख सविता व्यथित भाव से मुस्कुरा दी।

उसे बातें नहीं सूझ रही थीं—क्या कहे, क्या पूछे? इसके बजाय तो खामोश रहना ही बेहतर। बात करेगी तो केवल एक ही बात उसे चुभने लगेगी, जो उसके अतीत के ग्लानि-भरे दिनों की उसे और भी याद दिला देगी।

माँ बोली, "बैठ यहाँ पर। और नहीं तो बाथरूम में मुँह-हाथ धो आ। थोड़ा सुस्ता ले। मैं नाश्ते-पानी का इन्तजाम करती हूँ।"

सविता मन-ही-मन हँसी। उसने कोई जवाब नहीं दिया। सिर्फ उसे ही शर्मिन्दगी और बेचैनी हो रही थी, ऐसा नहीं था। माँ भी उसकी निगाहों के सामने से हट जाना चाहती थी, वह दूर रहना चाह रही थी।

माँ के वहाँ से जाते ही उसने कविता को अपने पास बुलाया। हलके-से मुस्कुराते हुए उसने उसके कन्धे पर एक हाथ रखते हुए पूछा, "कैसे हैं? बड़े भैया?"

यह एक छोटा-सा वाक्य था। इसका अर्थ क्या था? कविता इसका कुछ भी अर्थ निकाल सकती थी। मसलन कि बड़े भैया कहाँ हैं, बड़े भैया कैसे हैं! या फिर बड़े भैया जिन्दा हैं क्या?

कविता ने चौंककर निगाह ऊपर की। खिन्न हँसी हँसते हुए सविता ने कहा, "ओ!"

एक गहरी साँस छोड़कर उसने फिर से सवाल किया, "बकु? बकु भी नहीं है?"

"छोटे भैया कॉलेज गये हैं।"

खैर, इसका मतलब है कि वह है।

सविता अचानक चंचल हो उठी। वह जोर से हँसी। उसने खुशी से नाच उठने की कोशिश की कि उसे अब लोगों के बीच घुल-मिल जाना होगा—ठीक पहलेवाले दिनों की तरह ही। हो सकता है, उसका व्यवहार अस्वाभाविक लगे, खटके आँखों में, फिर भी बीच की दीवार हटानी ही पड़ेगी। वह यदि लोगों से लगातार दूरी बनाये रहे तो फिर वह सबसे दूर हो जाएगी। वह तो और तकलीफदेह होगा, असहनीय होगा।

सविता ने खुश होते हुए, गोद के बच्चे के गालों को दबाकर प्यार किया, उसे चूमा, फिर हँसते-हँसते बोली, "बदमाश! ऐसे क्या देख रहा है? पहचानता है, इसे पहचानता है तू?"

कविता ने भी मुस्कुराते हुए हाथ बढ़ाया। सविता ने उसकी गोद में उस बच्चे को छोड़ दिया। फिर उसे प्यार करते-करते उसने कविता को बाँहों में जकड़ लिया, मानो उसके बच्चे को ही प्यार कर रही है। बायाँ हाथ कविता के कन्धे के ऊपर से जाकर बच्चे के बालों को सहलाने लगा। कविता की पीठ पर उसके सीने का दबाव पड़ने लगा। कविता को महसूस नहीं हुआ। छोटे बच्चे को देखते ही वह मुग्ध हो जाती थी। यह तो दीदी का ही बेटा है! सविता की बहुत इच्छा हो रही थी कि वह कविता को जकड़ ले। कविता को वह अपने सीने के पास खींच लाना चाहती थी। इतने दिनों बाद उसे अपनी छोटी बहन आत्मीय और अन्तरंग रूप में मिली थी! इसीलिए खुशी के मारे चंचल हो उठने की इच्छा हो रही थी।

अचानक माँ के कदमों की आहट से उसके चेहरे की हँसी थम गयी। उसने झट से बच्चे को गोद में उठा लिया। इतना कौतुक, इतना हँसी-मजाक, इतनी खुशी—हो सकता है, माँ की आँखों को यह सब अच्छा न लगे।

थोड़ी ही देर बाद माँ वहाँ आ पहुँची।

बच्चे की ओर हाथ बढ़ाकर कविता ने कहा, "दोनों आँखें कितनी सुन्दर हैं, माँ, देखो! कैसी शरारत-भरी हँसी है, देखा?"

खुशी की छुअन लगी हो शायद, माँ मुस्कुरा दी।

कविता ने पूछा, "इसकी उम्र कितनी हुई दीदी?"

सविता ने पहली बार में कोई जवाब नहीं दिया। माँ के सामने उसे कैसी बेचैनी-सी हो रही थी!

कविता ने फिर से पूछा।

जवाब आया—रूखा-सूखा-सा, "आठ महीने।"

"ओ माँ, सिर्फ आठ महीने! बाप रे, कितना भारी है! गोद में रखना मुश्किल है। कैसा गोल-मटोल है, है न माँ? मैंने तो सोचा था कि साल-डेढ़ साल का होगा।"

माँ या दीदी की ओर से कुछ भी सुनाई नहीं दिया, इस ओर कविता का ध्यान ही नहीं था। वह लगातार बोले जा रही थी।

"नाम क्या रखा है, दीदी?"

"नाम नहीं है।" सविता ने सूखे गले से जवाब दिया।

यानी जो नाम है, उसे कहा नहीं जा सकता।

यहाँ कविता ने आँखें बड़ी-बड़ी करके विस्मय से देखा, "अभी तक नाम नहीं रखा? कितना हँसमुख है, देख रही हो माँ? अच्छा, बताओ तो क्या नाम रखोगी?"

"खैर, उस घर की भाभी ने नाम रखा है हँसी, मैं इसका नाम रखूँगी खुशी।"

कविता खिलखिलाकर हँस पड़ी। फिर बच्चे की ओर देखती हुई बोली, "हँसी के साथ तुम्हारी शादी करवाऊँगी, समझे खुशी? देखने में बिलकुल लाल सुर्ख है। कल ले आऊँगी, देख लेना।"

सविता गम्भीर रहने की कोशिश कर रही थी, लेकिन नहीं रह सकी। धीरे-धीरे उसकी आँखों में एक हँसी खिल उठी।

माँ बोली, "जाओ सब लोग, मुँह-हाथ धो आओ।"

कविता अचानक मुड़कर बोली, "तुम कैसी नानी हो, अब तक नाती को तुमने अपनी गोद में नहीं लिया!"

माँ ने हँसते हुए अपने हाथ बढ़ा दिये।

बाथरूम की ओर कदम बढ़ाये थे सविता ने। दरवाजे की ओट से उसने मुड़कर

देखा, माँ ने उसे गोद में ले लिया था।

सविता के सीने पर से एक वजन उतर गया। सीने में घुंघरू के बोल जाग उठे।

नहाकर आने पर सविता ने देखा कि खुशी तब भी माँ की गोद में था। कविता छीनने की कोशिश कर रही थी, लेकिन नहीं, माँ उसे देने को राजी नहीं थी।

सविता होठ दबाकर हँसी और आँख-भर, जी-भर उसे देखती रही। उसे माँ का डर था। माँ की छुआछूत की भावना उसके लिए अनजानी नहीं थी, इसीलिए आशंका थी।

पुलिस ने जब उसे ढूँढ़ निकाला था, तब उसने पैर पकड़कर गुजारिश करते हुए कहा था कि 'मैं तो यहाँ बहुत सुखी हूँ, मैं लौटना नहीं चाहती। और यदि लौट जाऊँ तो मेरे माँ-बाप मुझे स्वीकार क्यों करेंगे भला? मेरी कोई जात नहीं, मेरा कोई धरम नहीं। मैं उनके लिए अस्पृश्य हो गयी हूँ।'

लेकिन उन्होंने अनसुना कर दिया था। कानून—उन्होंने कानून की दुहाई दी थी। यदि माँ-बाप उसे स्वीकार न करें तो अनाथाश्रम हैं, उन्होंने भरोसा दिलाया था।

ऐसा सोचकर अचानक सविता को लगा कि वह माँ को पहचानती ही नहीं थी। आज पहली बार उसने उसको पहचाना।

इनसान कितना बदल जाता है!—सविता ने सोचा। उसे बचपन की बातें याद आयीं। स्कूल से लौटकर जब तक वह कपड़े न बदल लेती, तब तक वह माँ को छू नहीं सकती थी, घर के सामान को छू नहीं सकती थी! इतनी देर बाद सविता बोली, "कवि, थोड़ी चाय बना देगी?"

माँ ने मुड़कर देखा, "बैठ, खाना लेकर आती हूँ।"

माँ खाना लेने चली गयी।

शाम को तब धूप कम हो आयी थी। रात की परछाईं धीरे-धीरे उतर रही थी। बगल में किताबें दाबे हुए बकु घर लौटा। "दीदी, तू?"

"हाँ, मैं।" सविता हँसी। बोली, "मुझे भूत समझ रहा था शायद?"

बकु भी हँस दिया। बोला, "हम लोगों ने सोचा था कि तू मर गयी।"

"ऐसा होता तो अच्छा होता, नहीं क्या?"

"धत्! मरकर कोई आराम नहीं मिलता।"

सविता हँसकर बोली, "आजकल पढ़ता-लिखता है या पहले की ही तरह...?"

बकु ने जवाब दिया, "यह तो कोई स्कूल नहीं। मैंने कॉलेज में दाखिला लिया है। नहीं पढ़ने से काम चलता है क्या?"

"ऐसा है क्या?" सविता हँसी।

कविता ने उलाहना देते हुए कहा, "पढ़ता है खाक। शान्त भैया के साथ दिन-

रात भटकता रहता है।''

''भटकता हूँ तो भटकता हूँ।'' कविता को चिढ़ाते हुए बकु किताबें रखने चला गया।

खा-पीकर बरामदे की डेस्कवाली कुर्सी पर ही सो गयी सविता।

दिन-भर की थकान और अवसाद की वजह से उसका सारा शरीर दुख रहा था। इसके अलावा नींद के मारे आँखें मुँदी जा रही थीं। सविता ने थोड़ा सोने का प्रयास किया। आँखें बन्द किये पड़े रहते-रहते उसे नींद आ गयी।

साँझ उतर आयी। हवा का बहना बन्द हो गया। टिमटिमाते तारोंवाले आसमान में साफ-सुथरा चाँद खिल उठा। कृष्णचूड़ा[1] की टहनियों-पत्तियों के अवकाश में कहीं एक कौआ बैठा-बैठा अपने डैने फड़फड़ा रहा था। चीं-चीं आवाज करती कुछ गंगराएँ (छोटी प्रजाति की चमगादड़ें) उड़ गयीं।

सविता को सुनाई नहीं दिया। उसे दिखाई नहीं दिया। नींद की वजह से उसका सिर उसके कन्धे पर झूल गया था।

कविता और बकु कई बार आकर लौट गये। साथ बैठकर उनकी इच्छा गपशप करने की हो रही थी। ढेर सारी बातें सुननी थीं। डेढ़ साल माने एक युग के समान था। कितना कुछ घट गया था, कितना कुछ बदल गया था! वह सब क्या वे लोग नहीं सुनेंगे? बताएँगे नहीं वे लोग? लेकिन नहीं, सविता का शरीर, उसका मन थके हुए हैं। उसे सोने दो। वे उसकी नींद में खलल नहीं डालेंगे। उसकी नींद तो खुलेगी ही, एक वक्त वह अपने-आप जागकर उठ जाएगी।

किसी एक आवाज से सविता ने आँखें खोलीं और उठ बैठी। रात गहरी हो चली थी—निर्जन खामोश रात! सविता ने सामनेवाली सड़क की ओर देखा। उसने दूर और पासवाले मकानों की ओर नजरें दौड़ायीं—आसमान की ओर भी। चाँद की देह पर कोहरे की तरह सफेद बादलों की चुनरी थी। नीचे की सड़क चमचमाते इस्पात की मानिन्द निर्जन पड़ी हुई थी। इक्का-दुक्का मकानों की खिड़कियों में अब भी लाइट जल रही थी।

सविता उठ खड़ी हुई। उसका गला सूख रहा था। उसने सोचा, क्या वह खुद जाकर पानी भर ले, या फिर कविता को पुकारे?

सविता ने हलके कदमों से थोड़ी चहलकदमी की। खुशी शायद बरामदे में ही सो गया था। छाती में सरसराहट हो रही थी। खुशी को दूध नहीं पिलाया था या कि उन लोगों ने बोतल से ही उसे दूध पिला दिया था?

उसने आहिस्ते-आहिस्ते मकान के अन्दर की ओर कदम बढ़ाये। कमरों में अँधेरा था। भीतरवाले आँगन में उजाले की एक फाँक दिखाई दे रही थी। थोड़ी

1. एक फूलदार पेड़

दूर जाकर ही वह अँधेरे में दरवाजे के पल्ले की ओट में ठिठककर खड़ी हो गयी।

माँ गीले कपड़ों में खड़ी हुई थी। उसके साथ बकु भी था।

बकु बोला, ''वैसे ही बीमार हो तुम, इस पर फिर इतनी रात में नहायीं?''

माँ ने लज्जित होते हुए कहा, ''मैं क्या करूँ, बता। दिन-भर उस बच्चे को लिये-लिये रही।''

''रही तो क्या हुआ?'' बकु के स्वर में एक अबूझा-सा गुस्सा था।

माँ बोली, ''गोदी में लेकर बड़ा कर रही है, लेकिन इस वजह से वह हमारे यहाँ का बच्चा तो नहीं हो जाएगा, बाबू!''

❑❑❑